Las semillas del tiempo
(Epífanos)

Seix Barral Biblioteca Breve

Juan Carlos Botero

Las semillas del tiempo
(Epífanos)

Diseño de colección: Josep Bagà Associats
Fotografía de cubierta: Germán Montes

Primera edición: agosto de 1992, de Planeta Colombiana
Segunda edición: abril de 2007

© 2007, Juan Carlos Botero
© 2007, Editorial Planeta Colombiana S. A.
  Calle 73 No. 7-60, Bogotá

Colombia: www.editorialplaneta.com.co
Venezuela: www.editorialplaneta.com.ve
Ecuador: www.editorialplaneta.com.ec

ISBN-13: 978-958-42-1640-3
ISBN-10: 958-42-1640-6

Impreso por Quebecor World Bogotá S.A.

If you can look into the seeds of time…
WILLIAM SHAKESPEARE

6

ERAN BUENAS ÉPOCAS

El hermano mayor le dijo al menor: Ven, demos un paseo… Salieron de la casa y caminaron hasta llegar al lago. Entre ambos sacaron el bote de la orilla de pasto y fango y lo empujaron al agua. Se acomodaron en el bamboleante interior. Aseguraron los remos a los escálamos de bronce. El menor, de treinta años, se dobló las mangas de la camisa, tomó los remos y bogó con calma hacia el centro del lago. Se detuvo, y apoyó las palas de los remos sobre las bordas de madera. La embarcación derivó en la brisa. Los dos permanecieron callados. En la tarde soleada, contemplaron la orilla remota de sauces y eucaliptos, el agua serena que espejeaba las nubes, el horizonte de cerros agrestes y azules. Me has traicionado, dijo de pronto sin alterarse el mayor, al tiempo que extraía un revólver de su chaqueta. Su hermano lo miró, se fijó en el arma que no le apuntaba, y luego apartó la vista hacia el lago. Esbozó una sonrisa triste. Sí, dijo. Pensé que lo sabías… ¿Cómo te enteraste? Su hermano también dirigió la mirada hacia el agua y respondió: Te delataron. Hubo una pausa larga. Lo supuse, dijo al

9

fin el menor. Me obligaron, eso lo sabes, ¿no es cierto? Sí, lo sé, dijo con pesadumbre el mayor. En todo caso, añadió, no tengo alternativa. Sí, dijo el menor. Entiendo. Permanecieron de nuevo en silencio. ¿Te importaría si esperamos hasta el ocaso?, preguntó el menor. Quisiera aprovechar lo que queda de la tarde. Sí, contestó su hermano, por supuesto. Le ofreció un cigarrillo y fumaron sin hablar. Pasó el tiempo. El sol comenzó a hundirse detrás de la silueta de los cerros. ¿Recuerdas cuando éramos pequeños, y madrugábamos para venir aquí a pescar?, preguntó el menor. Sí, respondió su hermano, lo recuerdo bien. Eran buenas épocas… El hermano menor lo observó con atención. Sí, admitió por fin. Lo eran. Contempló de nuevo el agua, el mínimo oleaje, la luz del cielo que se tornaba ceniciienta. Al cabo agregó: Por favor dile a mi esposa que la amo. Se lo diré, le aseguró el mayor. Ahora debo regresar, hermano. Me esperan para cenar. Entiendo, respondió el menor. Y se dio la vuelta para ofrecerle la nuca a su hermano. Entiendo perfectamente.

TODO DEPENDE

Para José y Danielle Lorite

El ventanal tenía barrotes. Me asomé para contemplar el paisaje, pero me distrajo una telaraña adherida a los hierros. Me llamó la atención su diseño, lo elaborada que era, sus delicados hilos como hebras colgantes de saliva. Estaba salpicada de insectos muertos, y, justo en el centro, reposaba la araña. Observándola, recordé que en otro tiempo y lugar una mujer había presenciado una imagen semejante. En 1966, a comienzos de la Revolución Cultural, la señora Nien Cheng fue encarcelada en Pekín, acusada de traición y de participar en actividades contrarrevolucionarias. Estuvo más de seis años encerrada en un calabozo húmedo y estrecho, y varias veces prefirió el contacto a patadas de sus guardias a esa brutal soledad. Sin embargo, su celda tenía una ventanita con barrotes. Una tarde, la señora vio una araña muy pequeña que trepó por la pared, cruzó el marco de la ventana y se descolgó de uno de los hierros. Desde allí, con paciencia, comenzó a hilvanar su tela. Pasaron muchas horas. Al final, cuando el diminuto tejido quedó terminado, la señora Cheng sintió que había presenciado

un suceso enaltecedor: en un lugar secreto de su alma re-
nació una tenue esperanza. De la mínima y perseverante
figura de la araña, y de la belleza tan perfecta de su tela,
la mujer exprimió fuerzas para soportar lo insoportable.
Al tiempo que estas ideas pasaban por mi cabeza, enrollé
la revista y también pensé: Está sucio el ventanal.

PINTANDO PAREDES

La prensa concluyó que el joven sufría de trastornos mentales, pero quienes lo conocieron afirmaron que las causas habían sido otras. Una mañana, el muchacho de 23 años despertó a su amada y le confesó que le había mentido con respecto al dinero. No era cierto que se iban a casar algún día, ni que iban a pintar las paredes de aquel pequeño apartamento, tal como se lo había prometido tantas veces, pues ni siquiera tenía lo suficiente para costear su propio entierro. Más aún, para hacerlo, ella tendría que vender el revólver de su propiedad, el que tenía guardado en la gaveta de la mesa de noche. En el entresueño, la muchacha supuso que se trataba de una broma. Segundos después, el joven se sentó en el borde de la cama, extrajo el revólver de la gaveta y se voló la tapa del cráneo, dejando la habitación pintada con sus sesos.

DOMINGO

Cuando la misa estaba por concluir, y desde el púlpito el sacerdote hacía una pausada cruz en el aire para bendecir a los asistentes, y varios feligreses se habían puesto de pie y comenzaban a retirarse de los bancos con lenta solemnidad, y otros bajaban por el pasillo con el sombrero sujeto en las manos, y una anciana permanecía de rodillas murmurando una oración con el rosario apretado en los dedos entrelazados, se oyó un grito que los paralizó a todos. Un joven del pueblo trepó sudando los escalones de la iglesia y entró corriendo por la puerta principal vociferando incoherencias. Alguien intentó atajarlo pero el muchacho lo apartó de un empujón y corrió hacia el altar. El sacerdote descendió velozmente los escalones del púlpito y trató de interponerse pero el joven lo golpeó chillando y siguió sin detenerse. De un brinco se encaramó sobre la mesa consagrada y pateó el mantel, las vinajeras y los cirios, y empezó a forcejear con el crucifijo de yeso hasta que lo arrancó de la pared. Lo arrojó al suelo con todas sus fuerzas. El crucifijo reventó en pedazos. El joven se lanzó sobre los fragmentos y los pisoteó gritando: ¡Yo te rogué que me ayudaras! *¡Yo te rogué!* Después se dejó caer sobre el crucifijo hecho añicos, y lloró con la cara agarrada entre las manos. Nadie supo qué hacer.

★
LA DUDA

En la noche cerrada los faros del automóvil se abrían paso como abanicos de luz. El patrón conducía, y a su lado el capataz sujetaba las escopetas entre las piernas. El patrón vigilaba el camino de tierra, atento a la sorpresiva aparición de los ojos encandilados de una liebre. En cambio, el capataz observaba las nubes remotas que relampagueaban tras los cerros. Veía sus entrañas florecer en tumultuosos destellos. ¿Sabe, patrón?, dijo con una voz lejana. Cuando yo era niño mi madre me decía que cuando las nubes brillan así detrás de las montañas, son las olas del mar que chocan contra la costa… Sin prestar mucha atención el patrón se asomó al parabrisas por encima del volante, vio las gigantescas moles centelleando en silencio, y recordó las historias que le habían contado de pequeño. Sonrió: ésta era igual de inocente, igual de tierna e inverosímil, y quizás más si se pensaba que el mar se encontraba a cientos de kilómetros de distancia. ¿Eso decía? preguntó, atento de nuevo al camino. Bueno, a uno de niño le dicen de todo. Así es, admitió el capataz. Miró las nubes que retumbaban sobre la silueta de los cerros y dijo, como si meditara en voz alta: Me pregunto si será verdad.

NO

De lejos parecían putas, pero en realidad eran travestis. Los policías los tenían detenidos contra la pared de un callejón y les lanzaban piropos y se reían. Los travestis miraban al suelo. Se veían extraños en sus vestidos cortos y forrados, con las pelucas rubias y cobrizas, los zapatos de tacón alto y los rostros mal maquillados. El teniente de los policías los examinó uno por uno, como si pasara revista, burlándose, quitando una peluca, metiéndoles el bolillo entre las piernas. Los otros policías chiflaban y lanzaban risotadas y expresiones obscenas. Cuando el oficial llegó al último, el travesti sin mirarlo le dijo: No me toque, o me corto. El teniente se detuvo, y esbozó una sonrisa. ¿Cómo?, preguntó con sarcasmo, llevándose una mano al oído como si no hubiese escuchado bien; en seguida le puso la punta del bolillo bajo la barbilla del travesti y le alzó la cara con brusquedad. El otro, ahora mirándolo con fijeza a los ojos, repitió: No me toque… o me corto. El policía le plantó el bolillo en la garganta y lo apretó contra el muro. No oí bien, cariño, le susurró muy cerca del rostro, mientras el travesti sujetaba el bolillo con las manos de uñas largas y pintadas, procurando apartárselo del cuello. Entonces repitió con dificultad, atragantado, pero sin quitarle los ojos de encima al policía: No me toque, o me corto. ¡Maricón de mierda!, exclamó el oficial pegado a la cara pintarrajeada. ¿Me está amenazando?, y de una bofetada le tumbó la peluca. Los demás agentes soltaron carcajadas. No me toque... comenzó el travesti, pero el oficial le descargó un bolillazo en el muslo. El travesti cayó de rodillas. Inclinado encima suyo, dispuesto a molerlo a patadas, el policía rugió: ¿Quién se creyó, maricón de mierda? Los otros travestis miraban de reojo, mientras los policías silbaban y azuzaban a su jefe. El travesti, con el rostro contraído en una mueca de dolor, se irguió lentamente, recostado contra la pared del callejón, y de pronto blandió una cuchilla de afeitar extraída del zapato. El policía retrocedió. Todos callaron. Bote eso o lo parto, maricón, ordenó el teniente y levantó el bolillo en alto, pero antes de que pudiera impedirlo el travesti se acuchilló la cara y los brazos mientras el policía gritaba: ¡No! ¡No!

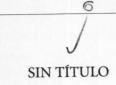

SIN TÍTULO

Para Mario Mendoza

El loco tumbado contra un muro en la calle se veía hambriento y greñudo, y estaba medio cubierto con una desgarrada manta sucia. Era enorme. Incluso recostado se destacaba su alarmante tamaño. Fumaba una colilla recogida del suelo. Miraba distraídamente las casas de enfrente, cuando una de las puertas se abrió. Apareció una niñita con un vestido azul celeste, medias blancas, zapatitos negros, una cesta de mimbre en una mano y un billete empuñado en la otra. El loco arrojó la colilla, y fijó sus ojos en la niña. La pequeña cruzó la calle en diagonal y entró en la tienda de la esquina. El loco espió la entrada; al rato salió la niñita con la cesta llena de panes y dos bolsas de leche. Estaba cruzando la calle de nuevo cuando miró a su costado y vio al loco. Apresuró el paso, pero tropezó en el afán y cayó de cara contra el pavimento. Los panes y las bolsas de leche rodaron por el asfalto. El loco se levantó. Gigantesco, avanzó hacia la niñita que no atinaba a moverse y lo miraba aterrada. En dos trancos el loco estaba sobre ella y con sus bastas manazas negras la agarró por la cintura y la puso en pie. Le sacudió el polvo de la falda y recogió las bolsas y los panes y los metió en la cesta, salvo uno que se llevó a la boca. Le entregó la cesta a la niña espantada, y le dio unas palmaditas en la cabeza. "Anda con más cuidado", le dijo masticando. La niña corrió a su casa, y el loco regresó a la acera y se recostó perezosamente contra el muro de la calle, masticando el pan con la boca abierta.

UN PAÍS…

El señor junto a mí parece extranjero, pero no lo es. Lleva puesta una gorra inglesa, fular en torno al cuello y chaqueta a cuadros. Observa inquieto el partido. Colombia contra Argentina. De la nuca del señor cuelgan unos prismáticos de carey. Los alza y escruta el distante tropel de caballos y mazos. La bola blanca, perdida entre la relampagueante nube de cascos y patas de las bestias, de pronto sale disparada y de inmediato es perseguida por el tumulto de jinetes. El hombre niega con la cabeza. "Ahí vienen", murmura. La bola avanza hacia la meta contraria. Dos caballos se desprenden del montón y se abalanzan tras la esfera. Los jinetes chocan como imanes: se codean y empujan con los tacos disputándose la bola. El césped tiembla bajo nuestros pies. "¡No lo deje, carajo!", exclama el señor. Durante un instante aparto la mirada. Ese rincón de la sabana limita con las montañas que rodean la capital y advierto, en el cerro de enfrente, como asomado a la cancha de polo, un nuevo barrio de invasión. Distingo las casuchas de madera y cartón, las callejuelas de barro, el destello de algunos, muy pocos, techos de cinc. Bajo la mirada de nuevo. Los caballos truenan tras la bola. El jinete argentino toma la delantera. El colombiano alarga el brazo e intenta engarzar el mazo que, no obstante, gira en el aire. Se oye el ¡tac! del golpe y la bola cruza hacia la portería. Entra. La tribuna parece salpicada de aplausos. El señor observa la bola huérfana tras la línea y niega con la cabeza. "Qué país de mierda", dice.

HOY

Un gamín entró en el café. Había poca gente. Había llovido, y las mesas de la terraza estaban vacías. Adentro, un hombre y una mujer conversaban cogidos de la mano, y otro par de mesas estaban ocupadas por personas que leían libros o periódicos. El mesero bostezaba mientras hojeaba una revista de farándula en la barra. No lo vio entrar. Tendría cinco o seis años. Tenía la ropa mugrienta y roída, el rostro mocoso y sucio, los pantalones demasiado largos con los dobladillos desgarrados. Tenía un solo zapato, sin cordones. En el marco de la puerta aguardaba otro gamín. Era algo mayor y parecido; sin duda, su hermano. Lo miraba de manera atenta, pendiente. El pequeño pidió dinero de mesa en mesa, sin alzar la voz pero con énfasis. Al salir, su hermano recibió el puñado de monedas. Se retiró del café, y en la acera se arrodilló al pie de un árbol y añadió las monedas a otras que extrajo de un bolsillo que quedó invertido. Las contó con el índice, con dificultad; el menor, asomado por encima del hombro de su hermano, espiaba el conteo. El otro finalmente se puso en pie. Guardó el botín en su bolsillo y le asestó un golpe en la cabeza al pequeño. Ambos se alejaron por la calle lluviosa.

IDENTIFICACIÓN

Hacía frío y la calle estaba oscura. Yo venía caminando con las manos en los bolsillos y cabizbajo, y por eso no advertí el grupo de soldados vigilando la entrada del edificio. Uno me detuvo con la mano abierta. Me empujó contra la pared, y me apoyó las palmas de las manos contra la fachada de ladrillos. Los demás se acercaron. Sentí las manos palpando mis brazos y axilas, tocando mis costillas, bajando por mis caderas y mis piernas. "Identificación", ordenó. Me di vuelta. Me sorprendió su rostro de niño. Saqué la billetera, y en la penumbra busqué mi documento de identidad. "Rápido", dijo. Encontré la cédula y se la entregué. Otro, algo mayor, con el fusil sujeto en ambas manos, me preguntó en tono casi acusatorio que hacía yo de noche en esa zona. "Vivo aquí", expliqué. "No me gusta este tipo", declaró uno medio oculto en las sombras. "No lo suelten mientras voy y averiguo". Se marchó. El joven, un poco nervioso, dijo algo que no entendí. Me gritó: "¿No oyó, cabrón? ¡Al suelo!". Tomó su fusil y me apuntó al vientre. Me tendí boca abajo en el cemento. Con la bota me separó las piernas y ordenó: "Manos en la nuca". Obedecí. Se detuvo a mi lado y volví un poco la cabeza: distinguí de cerca la suela de su bota negra y embarrada. Entonces apoyó el fusil en mi sien. Sentí el aplastante peso del arma en la cabeza, la boca fría del cañón en la piel. "Muévase y lo quemo", le oí decir.

CANCELANDO FAVORES

Pitó el silbato al final del día y los presos comenzaron a desalojar el patio con desgana, caminando de regreso a los bloques para luego pasar a las celdas. Aprovechando la penumbra y el breve embotellamiento formado en las entradas de los bloques, un moreno grande pasó un brazo por encima del hombro de un novato como si le fuera a pedir un favor, y lo fue apartando hacia un rincón más oscuro. Allí lo apuñaló contra la pared. Ocurrió tan rápido que nadie se dio cuenta. El gigantón mantenía al novato abrazado en las sombras, como si estuvieran hablando, pegado de cara al muro, con el brazo sobre el hombro, la mano sobre la boca y hundiéndole hasta el fondo la cuchara afilada. Sólo un preso vio lo que estaba pasando. Prendió un cigarrillo y se acercó con disimulo. Se detuvo de espaldas al novato para taparlo. "Espere", le susurró entre dientes al gigantón sin volver la cabeza. Pasaron otros presos. "Ya", dijo. El moreno dejó al novato con la cuchara hundida en la barriga y los dos se alejaron, mezclándose con los demás. El joven, aferrado al mango de la cuchara que le salía de la camisa, se miró la mancha creciente de sangre y en seguida sus ojos se entornaron. Luego se escurrió muy despacio contra la pared. "Le debo una", afirmó el moreno, limpiándose discreto la mano en la pierna del pantalón. "De acuerdo", dijo el otro. "¿Cuánto pagaron?" "Cinco mil", respondió el moreno, "pero los necesito". "No se preocupe", dijo el otro con una sonrisa. "Arreglamos cuentas el domingo, cuando lo visite su hembrita… Esa que tanto me gusta".

LA DEUDA

Se oyeron los gritos y la conmoción en el corredor. En seguida, dos guardias entraron a la enfermería cargando de los brazos a un preso apuñalado. Arrastraba los pies. Tenía el rostro contraído del dolor; abría los ojos desorbitados y los volvía a cerrar, apretando los párpados. Abría la boca como si se fuera a ahogar, pero no emitía sonidos. "¡Llamen al médico!", gritó uno de los guardias, y recostaron al herido sobre una camilla. El joven sudaba. Le habían clavado un punzón junto al ombligo, levantando la piel hasta la tetilla. Se corrió la voz en cuestión de segundos: era un faltón. No había cancelado su deuda semanal de bazuco. Soltó un alarido. Los guardias lo sujetaron. El médico entró corriendo. Ni siquiera se lavó las manos y procedió a examinar al muchacho. Negó con la cabeza. A los tres minutos el preso murió. Le encontraron en el bolsillo de la camisa ensangrentada un trozo de papel con un mensaje escrito a lápiz: *Papá, necesito 1.000 pesos porque me van a matar.*

ESO HAGO

¡Escriba sobre mí, Arturo!, me gritan. *Olvídese de él*, dice otro, y oigo la voz que procede del final del corredor. *¡Mejor escriba sobre mí!* Yo sonrío y sigo tecleando en la máquina. Fue la única que pude conseguir: una vieja Olivetti con cintas que hay que rebobinar a cada rato, pero en la cárcel no se puede pedir más. Es extraño: desde niño quise ser escritor pero nunca supe sobre qué escribir, pues no tenía algo interesante qué contar, una historia realmente buena, y fue sólo aquí que se me ocurrió escribir sobre todo esto y contar por qué maté a mi viejo quien me violó tantas veces. Ahí tienes tu historia, me dije una noche de insomnio, y a la mañana siguiente busqué papel y lápiz, y con la ayuda del guardia Ramírez conseguí esta máquina antigua. Al comienzo el ruido del teclado les molestaba a los demás, pero se fueron acostumbrando y ahora creo que les agrada este sonido parecido a la lluvia cuando golpea el techo. Por eso, cuando oyen que ando inspirado, alguno me grita que escriba sobre él, y cada uno empieza a contar algo medio en broma a ver si lo incluyo en mi libro. Allí está

Freddy, por ejemplo, quien asesinó a su esposa y a su hijo con un ladrillo en un ataque de celos, y de vez en cuando, en plena conversación y sin que venga al caso, murmura: "Mi nene". Y también está John Jairo, a quien le dicen Culebra, porque sólo atacaba por la espalda y su asalto era siempre mortal. En la celda vecina está Óscar, El Tábano, quien tiene el tamaño de una montaña y le gusta clavar a los jovencitos, y me aguanto sus piropos ya que nunca se pasa de eso, pues sabe que ya maté por eso y el que mata una vez no dudará en volverlo a hacer. En otra celda está Migue, a quien no me imagino violando y estrangulando a su abuela, y cada vez que aparece una anciana por el pasillo de visitas los demás comienzan a silbar y a burlarse y le dicen que no se acerque al buenazo de Migue. Sigo escribiendo, y oigo que uno me grita: *¡Escriba sobre mí, Arturo!* Y una voz más allá le contesta: *¿No dizque usted es inocente?* Todos se ríen en voz baja. *¡Escriba sobre mí!*, me dicen. Yo sonrío, y sigo fumando y golpeando las teclas. Eso hago, me digo. Eso hago…

EL SALÓN ROJO

Bajaron los presos del camión. Tenían las manos esposadas al frente. Entraron callados y en fila a la cárcel. Todos vieron el letrero colgado sobre la puerta. Algunos lo leyeron: "Aquí entra el hombre, no el delito". Los presos atravesaron fuertemente custodiados el corredor de baldosas verdes y los encerraron en la jaula. Al cabo los fueron sacando, uno por uno, para tomarles los datos, la foto y las huellas dactilares. Después les asignaban el patio correspondiente. Un negro con aspecto de bailarín fue conducido al Salón Rojo. ¿El salón rojo?, le preguntó al guardia que lo acompañaba. Suena bueno… ¿Le parece? dijo el guardia, y sonrió. No es rojo por lo divertido, dijo, y volvió a sonreír.

LLUEVE

Llueve.

El agua desciende compacta, dura y concreta, fugazmente astillada por los mortecinos faroles de las esquinas, pero en seguida recupera su opaca densidad, su peso atroz, y entonces se precipita recia e incontenible al tiempo que el cielo nocturno se enciende a relampagazos, bramando en retumbos hondos y desvanecientes como si el firmamento se hubiese resquebrajado en partes iguales, iluminando con temblorosa luz de rayos las calzadas negras y laqueadas, los tejados burbujeantes en el frío, los canalones sucios y atascados, la lluvia desbordada por los aleros de las casas antiguas, la que se despeña en chorros macizos que truenan sobre los andenes, con las alcantarillas atestadas y colmadas que vomitan la basura revuelta, y todo empujado a tumbos y tropiezos por los hilos de agua que se tornan riachuelos y luego torrentes despedidos sin freno por las calles inclinadas, arrastrando los desperdicios, resbalando en la oscuridad, desapareciendo en la noche.

Llueve, y lloverá por mucho tiempo.

SECRETOS PROFESIONALES

A la vez que encendía un cigarrillo y la parpadeante llama del fósforo iluminaba su rostro endurecido, el detective hizo un ligero movimiento con la cabeza, señalando a uno de los hombres detenidos y maniatados en el asiento trasero del automóvil. Los dos agentes casi arrancan la puerta y sacaron del pelo al hombre que lloraba. Su compañero se deslizó hacia la puerta contraria, temblando, mirando en la otra dirección, mientras los agentes arrastraban al hombre que pataleaba y aullaba entre sollozos que él no sabía nada, empujándolo del claro del bosque hacia los árboles. Los tres desaparecieron en el follaje. La neblina del páramo invadía sigilosamente el claro. El detective se apoyó sobre el capó del auto, todavía caliente por el esfuerzo del motor, y siguió fumando. Tenía las manos hundidas en los bolsillos de su abrigo, con el cuello levantado para protegerse del frío. Tronó un disparo. El eco se retiró en ondas desvanecientes. Al rato regresaron caminando los agentes. "Listo", dijo uno, soplando y frotándose las manos para calentarlas. "Oiga, jefe", dijo el otro. "¿Cómo supo cuál había sido?"

El detective dejó caer el cigarrillo en el pasto mojado. "Fácil", explicó, como revelando un secreto profesional. "El que más llora es el más malo".

LA CONFESIÓN

Bueno, dijo el detective. Ahora veamos qué sabe el otro. Los agentes sacaron al hombre del automóvil a la fuerza y, mientras uno lo sostenía de pie con las manos amarradas a la espalda, el otro buscó leña y con un poco de gasolina preparó una hoguera. Minutos después, el jefe se calentaba las manos delante del fuego. Me va a contar todo lo que sabe, granhijueputa, le dijo al hombre que tiritaba. Se acercó al automóvil y abrió el baúl. Extrajo una bolsa plástica que parecía llena de rocas y un hierro para marcar ganado. Le lanzó la bolsa a uno de los agentes e introdujo el hierro entre las llamas. Con esto cantan hasta las piedras, murmuró. No me haga daño, suplicó el hombre. Recibió un puñetazo en la boca del estómago que lo dobló sin aire. Se enderezó ahogado, boqueando. Cuando logró hablar musitó: Les juro que no sé nada. Precisamente eso lo vamos a averiguar ahora mismo, observó el jefe. Sacó un pañuelo del bolsillo del pantalón y extrajo el hierro del fuego. Faltaba. Esperó. Al cabo de un rato lo volvió a sacar. La punta estaba anaranjada. Se irguió y la blandió delante de los ojos entornados del hombre que sudaba en el frío. ¿A qué banda pertenecen?, preguntó. A ninguna, lloró el hombre, aterrado. ¡Le juro por mi madre que a ninguna! El jefe pasó por detrás del detenido. En la espalda duele más, precisó. Un agente le rasgó la camisa. ¡No!, gimió el hombre e intentó zafarse, desesperado. Sujétenlo duro, ordenó el jefe. Los agentes apretaron las manos y aferraron los talones en la tierra. El hombre sollozaba. No sé nada, balbuceó. El jefe abrió la bolsa y le gritó al oído: ¡Dígame a qué banda pertenecen! El hombre lloraba y moqueaba, negando con la cabeza. De pronto, percibió el calor del hierro cerca de la piel y se enderezó con los ojos desorbitados del pánico. Entonces el detective sacó un cubo de hielo y se lo plantó en la espalda. El bosque entero pareció gritar.

UNA NOCHE

Doblaron la esquina y aparecieron en la calle, bajando hacia la Plaza Bolívar. La patrulla marchaba sin aparente rigor, dividida en dos filas, una en cada acera, y la comandaba un joven sargento que caminaba solo por la calzada. Andaban cansados. Había llovido, y en la noche el pavimento absorbía el fulgor amarillento que despedían los faroles de las esquinas. El sargento hablaba y bromeaba sin alzar la voz, y los soldados celebraban sus ocurrencias con risas apagadas. Bordearon una pared blanca con un grafitti escrito a brochazos rojos que decía: *MILITARES ASESINOS*. El sargento señaló el letrero y dijo: "Pónganle el visto bueno", y todos rieron suavemente mientras bajaban por la calle, marchando hacia la Plaza Bolívar.

BIENVENIDO

Despertó con un tenue rayo de sol en la cara. Aturdido, se dio vuelta en la cama y procuró abrir los ojos a medias. Extendió la mano, tanteando, pero sólo sintió las sábanas revueltas. Por lo visto estaba solo. Le palpitaba la masa en el cráneo como si le hubieran incrustado un campanario dentro de la cabeza. En medio de las telarañas del sueño, echó una mirada torpe y parpadeante en torno a la habitación, reparando en la puerta entreabierta del baño, pero no la vio. Alzó la cabeza, apoyándose sobre los codos, y prestó atención. Nada. La llamó: nadie contestó. Mierda, se dijo, dándose un golpecito en la frente. Olvidé preguntarle su número de teléfono… ¡O al menos su nombre! Eso le pareció gracioso. Qué mujer, se dijo. Qué manera de tirar… Buscó un cigarrillo en la gaveta de la mesa de noche y lo encendió. Se recostó contra la cabecera de la cama, exhalando el humo despacio, y permaneció meditabundo, fumando y recordando con placer la noche anterior… Estaba sentado en la barra de la discoteca, bebiendo con unos colegas de la oficina, cuando la vio bailando sola en la pista. Le pareció magnífica. La analizó con avidez: qué muslos, qué tetas, mire esas piernas, y el culo, Dios mío, qué hembra. Se acercó un poco tambaleante por los tragos y después de intercambiar un saludo y algunas palabras empezaron a bailar juntos. Al cabo de un rato, ella le susurró al oído, con los labios rozándole la piel y una franqueza excitante: Me muero por saber cómo haces el amor. La invitó a su apartamento. Llegaron, subieron y apenas cerró la puerta ella se le abalanzó encima, hundiéndole la lengua hasta el fondo de la garganta y metiéndole la mano entre los pantalones. Casi no llegan a la alcoba. Retozaron durante horas. Bebieron y fumaron, y finalmente se quedaron dormidos... Estuvo delicioso, concluyó, soltando una última bocanada de humo. Apagó el cigarrillo en el cenicero rebosante de colillas. Se levantó con el cerebro latiendo y pasó desnudo a la sala. La buscó en la cocina y luego en el comedor, y por último se asomó al pasillo de la entrada. Sí, comprobó, se había marchado. Regresó a la alcoba, y su dolor de cabeza aumentó al ver la cama revuelta y olorosa, su ropa arrugada y botada por el suelo, los vasos sucios y la botella de whisky casi vacía, todavía abierta. Entró en el cuarto de baño frotándose las sienes, imaginándose el refrescante duchazo, cuando vio garabateado en el cristal del espejo, en letras grandes de pintalabios rojo: BIENVENIDO AL MUNDO DEL SIDA.

J

SIN OPCIÓN

Era un buque viejo con el casco carcomido por el mar. Había pasado el crepúsculo del ártico, y avanzábamos con cuidado en la noche helada. La nave se abría paso a trancazos, partiendo la gruesa capa del hielo polar, y la oscuridad se estremecía con los traquidos y los crujidos de la proa. Horas después logramos salir a una zona de aguas peligrosas, punteada de témpanos. La tripulación entera tomó posición en el puente, atenta a las tinieblas, tratando de percibir la silueta de los icebergs que de pronto florecen ante la mirada estupefacta sin dejar tiempo siquiera para maniobrar, seguido por el estruendoso estrellón y los alaridos y luego la hundida con la nave agónica escupiendo a los marineros que se ahogan contorsionados por el frío. Esa vez no reventamos contra una pirámide de hielo, como aquí les dicen, pero anduvimos perdidos durante más de dos meses, comiendo lo que podíamos, durmiendo cuando era posible. De los quince que salimos en la expedición, regresamos cinco. Por eso juré nunca volver al mar. Sin embargo, aquí estoy… Anclado en esta fonda de mala muerte, mirando llover y nevar, esperando que pase la tormenta para zarpar en el próximo buque que vaya al norte.

LA PRIMERA VEZ

Examinó la luminosa esfera de cristal en su muñeca: marcaba ciento veinte pies de profundidad. Pese al frío se sentía bien, sereno y cómodo. Las correas del chaleco no le tallaban la piel, y el tanque de aire comprimido estaba perfectamente ajustado a su espalda. Tenía la máscara limpia, desempañada, y el aire fresco fluía sin prisa por su boca, enfriando sus pulmones, emitiendo una resonancia cavernosa con cada bocanada. Siguió descendiendo, tijereteando el agua con las aletas. Se detuvo sobre un coral semejante a un cerebro monumental, revestido de una coraza de laberintos diminutos. Acarició la escabrosa redondez, y retiró su mano ligeramente engrasada de una baba pegajosa y resbaladiza. Examinó el manómetro: restaban mil quinientas libras de aire. Alzó la vista: aún alcanzaba a divisar la pequeña mancha dorada del sol, resquebrajada en la remota y ondulante superficie. Descendió diez pies más, allí donde el terreno de rocas y arena de repente se inclinaba y caía de manera radical. Se recostó sobre el borde del precipicio, rodeado de arbustos de gorgonias, esponjas, erizos y anémonas, y permaneció unos segundos asomado a la vasta inmensidad. De pronto, percibió un movimiento en lo más hondo del abismo. Escrutó la azulosa oscuridad: una sombra lenta se parecía materializar en las tinieblas. Sintió el corazón redoblar en su pecho. La forma surgía del fondo, avanzando en su dirección, impulsada por el meneo de la cola en forma de guadaña. Retuvo la respiración, y la vio ascender, acercarse, y pasar encima suyo a sólo un par de metros de distancia. Vio su ojo negro e inexpresivo igual al de una muñeca, y su boca escasamente abierta en media luna. Vio la sierra apenas visible de los dientes, y las agallas negras y dilatadas. Vio las dos rémoras pegadas a la barriga blanca, y el pellejo gris del cuerpo macizo. Por último, pasó la cola alta y firme. El animal giró despacio y volvió a desaparecer en las sombras.

Sudaba dentro de la máscara. Miró el manómetro: marcaba menos de quinientas libras de reserva. Perplejo, sin saber en qué momento había consumido tanto aire, comenzó a ascender en espiral, atento a no rebasar las intermitentes cadenas de burbujas que brotaban del regulador, viéndolas escalar como trémulos hongos de plata. El corazón aún redoblaba en su pecho, pues era la primera vez que había visto un tiburón.

EL LLANTO

Para Pablo Obregón (q. e. p. d.)

Asomado por la borda de la lancha y haciendo visera con la mano, el hombre alcanzó a distinguir la misma selva de coral a treinta pies de profundidad. "Aquí es", afirmó. Puso el motor fuera borda en neutro, dejó que la embarcación derivara un par de metros más hasta posicionarse sobre un claro de arena, y entonces arrojó el ancla al agua. La sintió tocar fondo. Jaló un par de veces, y al comprobar que las uñas se habían prendido con firmeza, anudó el cabo a la cornamusa de la proa y apagó el motor en la consola de mando. "Listos", anunció. Su hijo de cuatro años repitió muy serio: "Listos". El hombre sonrió. "Bueno…", dijo, "manos a la obra". El niño sacó los flotadores para sus brazos y procuró inflarlos; entre tanto, su padre hundió las aletas en el mar para humedecerlas, escupió dentro de la máscara para evitar que se empañara, y alistó el arpón de elásticos. Vio que el niño soplaba sin éxito por las boquillas. "Ven", le dijo. "Mete los brazos". Deslizó los flotadores hasta rodear los pequeños bíceps y los infló con dos soplidos en cada uno. Tapó las boquillas. "Listo", dijo otra vez. "Listo", lo imitó su hijo. "Bueno…", señaló el hombre, "al agua". El niño se arrojó feliz al mar y su padre, rápidamente, se calzó las aletas y se lanzó tras él. Sosteniéndolo por la cintura le recordó: "Sujétate de aquí, de la escala, como hiciste ayer, y patalea. Voy a buscar la cueva con el otro pargo grande que se me escapó, y no me demoro". El niño asintió y, suspendido por los flotadores, se agarró del escalón de aluminio y comenzó a patalear. Su padre se colocó la máscara, mordió la boquilla del tubo respirador y empuñó el fusil. Llenó sus pulmones de aire y se hundió. Mientras nadaba hacia el fondo, cargó el fusil estirando los tres cauchos hasta encajarlos en las muescas del arpón. Llegó al ancla. Verificó que las uñas estuvieran asidas de las rocas. Miró hacia la superficie: la cuerda templada ascendía en diagonal y vio, nítidamente, la silueta negra de la lancha y los pies de su hijo chapoteando en la popa, junto a la hélice inmóvil. Escrutó su alrededor, examinando el fondo, y en ese instante quedó paralizado del terror: en la brumosa transparencia un gigantesco tiburón martillo nadaba hacia él con la determinación de una locomotora. Ni siquiera alcanzó a levantar el fusil. Lo vio llegar, enorme y decidido, abrir la boca, mostrar la caverna oscura del esófago y a un metro de distancia se desvió… hacia la superficie. En su horror lo vio trepar como un torpedo hacia su hijo. El hombre gritó bajo el agua. El monstruoso animal subió impulsado con dos poderosos movimientos de la cola y llegó a la lancha, a la hélice, a los pies del niño que pataleaba, abrió la bocaza y volvió a girar… desapareciendo lentamente en las profundidades. Por un instante, todo era silencio, un extraño y hondo silencio… El hombre nadó braceando y pataleando enloquecido hacia el niño y al estallar sin aire en la superficie lo asustó. Ambos, entonces, rompieron a llorar.

EL DESEO DE CONTAR

Luis Alejandro Velasco,[*] marinero a bordo del destructor A. R. C. *Caldas*, zarpó el 24 de febrero de 1955 desde Mobile, Alabama, rumbo a Cartagena de Indias, cuando en pleno trayecto fue barrido de cubierta por una ola gigantesca junto con otros siete marineros quienes minutos después se ahogaron. Milagrosamente, mientras flotaba en alta mar y veía el destructor que seguía su rumbo, alejándose en la distancia, Velasco divisó una pequeña balsa que pasó frente a sus ojos, y sin pensarlo dos veces se lanzó a cogerla. Durante diez días interminables el marinero derivó en la vastedad del mar Caribe. Al caer del buque, sufrió una profunda herida en la rodilla derecha. Soportó hambre y sed. Co-

---

[*] La aventura del marinero colombiano fue narrada por Gabriel García Márquez para el diario EL ESPECTADOR, de Bogotá, en abril de 1955, y firmada por Velasco. Luego, en 1970, las 14 entregas se publicaron en forma de libro bajo el título *Relato de un náufrago*, y por primera vez firmado por García Márquez.

noció la severidad del océano. Incurrió en delirios. Cada tarde, a las cinco en punto, surgían del fondo del mar los tiburones con los cuales tuvo que luchar en más de una ocasión. A la décima mañana, ya al borde de la muerte y con la piel ulcerada por los rayos del sol tropical, Velasco oteó una sombra en el horizonte que sólo podía ser de tierra firme. Entonces se arrojó al agua, temeroso de que aquella imagen incierta de una costa con palmeras no fuera más que una alucinación, y con las pocas fuerzas que le quedaban nadó más de dos kilómetros hasta alcanzar, moribundo, "un pedazo de playa silenciosa y desconocida". Se desplomó sobre la arena. Al cabo de un rato apareció un perro, y en seguida un hombre llevando un burro de cabestro. Trabajosamente imploró ayuda. Sin embargo, al acercarse el hombre, advirtió que su necesidad más apremiante, prevaleciendo sobre el tormento de su cuerpo y las perentorias ganas de comer o beberse un sorbo de agua dulce, era contar su odisea. "Cuando oí su voz me di cuenta de que más que la sed, el hambre y la desesperación, me atormentaba el deseo de contar lo que me había pasado".

VACILACIÓN

La piragua avanza arrastrada por la corriente.
El cazador está sentado en la punta de la proa. Abierto
de piernas, sus muslos cuelgan por las bordas, sus botas
casi rozan el agua, y tiene la culata del rifle asentada en
la cadera. Contempla la selva verde y frondosa que amu-
ralla las orillas. Detrás suyo, el viejo y taciturno guía de
piel morena, con el rostro medio cubierto por el desco-
sido sombrero de paja, dirige la nave con calma; de vez
en cuando hunde el canalete en el agua color marrón,
manteniendo el rumbo, esquivando troncos y remolinos,
respetando la voluntad del río. El cazador observa el agua
que pasa bajo sus pies. Alza la vista, examina las copas
de los árboles, y descubre un mono que cuelga de una
rama arqueada por el peso, escogiendo y mascando hojas.
El hombre le hace señas al guía y la piragua vira hacia la
orilla. El cazador levanta el arma. Acomoda la culata y
la presiona con fuerza contra su pectoral derecho; ubica
al mono, lo fija en la mira y aprieta el gatillo. El estruendo
levanta una algarabía de aves y el mono da un volantín en
el aire y se precipita a tierra, azotando las ramas. Escuchan

el golpe seco contra el suelo. La proa se vara y alza en el barro y el cazador salta a la orilla y vadea entre la alta maleza. Encuentra al mono al pie del árbol. Está vivo. El hombre levanta de nuevo el rifle, pero se detiene. Sentado, el mono se pasa la mano por el hombro herido y examina sus dedos negros y arrugados, bañados en sangre roja y brillante. Su expresión de incredulidad es casi humana. Como si no comprendiera, vuelve a pasarse la mano por el hombro y la retira untada de sangre. La mira, confundido. El cazador vacila antes de disparar.

LA BATALLA

El general detiene su montura al coronar la cima de la colina. La bestia caracolea y relincha, y la espuma de sudor le baña las riendas y los pliegues del cuello. El veterano hombre de guerra, rodeado de sus oficiales, asienta el caballo y extrae su catalejo para contemplar los dos ejércitos. Vastos y formidables, avanzan en orden y esperan el toque de corneta para iniciar la batalla. Una masa de hombres es azul, la otra gris, y el general ya perdió la cuenta del número de batallas, luchas y escaramuzas que ha comandado en esta guerra civil. Algunas le han dejado una condecoración. Todas le han dejado una cicatriz. Observa, en la colina de enfrente, a su contraparte, el alto mando militar con los oficiales uniformados y los heraldos que descienden por la colina al galope con mensajes de urgencia. Apunta el catalejo en esa dirección, y ve que el enemigo también examina el valle tapizado de soldados, las filas de tropas punteadas de banderas y estandartes, el destello de los sables que reflejan los primeros rayos del sol, los cañones que retumban en la retaguardia y los briosos caballos de los batidores que avanzan con paso firme.

Desde lo alto de la colina, el general también puede ver el resto del paisaje, con los bosques inmensos e intactos a su izquierda, y el siguiente valle a su derecha, libre de pleitos y hombres, y el cielo abierto con la esfera del sol que inicia su paulatina trayectoria de todos los días. Por un instante, algo en el paisaje le permite vislumbrar ese momento con claridad, ubicar el inminente combate en el gran contexto mundial, y lo sorprende como una bofetada una certeza ineludible. "Es apenas una cuestión de tiempo", se dice, "lo que separa este enfrentamiento colosal del absurdo". El general hace sombra con la mano para otear los miles de soldados que marchan hacia el centro del valle, en donde fluye y serpentea una mínima quebrada de aguas claras que pronto se teñirán con la sangre de todos. También repara en las nubes sucias y gigantescas que va dejando atrás el paso resonante de los ejércitos. El suelo tiembla con el avance de las tropas. "En unos años", prosigue, "los soldados que hoy caerán serán polvo, y el odio y la disputa que hoy nos enfrentan serán olvidados. Aquel bosque y aquel valle, en cambio, seguramente lucirán iguales, y el sol seguirá girando en el cielo, y este conflicto que nuestros políticos no pudieron resolver y que hoy nos tiene aquí para luchar hasta morir, a lo mejor se resumirá en unas líneas de algún texto escolar que los jóvenes del futuro tendrán que leer con desgana". El general deja escapar un suspiro de desaliento, y entonces concluye para sí mismo: "Miles morirán en unos instantes, y el resultado de semejante sacrificio será, al final, el polvo y el olvido". En ese momento, se oyen los gritos de los sargentos y las dos masas de soldados se detienen. También cesa el temblor de la tierra. En el inverosímil silencio que sigue, sólo se oye el remoto relincho de un caballo, el redoble de un tambor y las últimas órdenes de los oficiales. En seguida, suenan las cornetas que dan comienzo a la batalla.

BANDERAS

El otro general también piensa:

Pronto sonarán las cornetas para anunciar el comienzo de la batalla. Conozco bien este momento: son los instantes previos al combate. Desde este lugar puedo ver la colina de enfrente, en donde mi rival nos examina a todos con su catalejo. Y desde aquí también puedo ver las dos masas de soldados enfrentadas, separadas apenas por una quebrada de aguas cristalinas que, en cuestión de minutos, será un riachuelo de fango y sangre. Los ejércitos se miran. Por encima de los vastos mares de cabezas ondean las banderas. Cada una flamea con arrogancia, desafiante, y vistas así, la una frente a la otra, parecería que se odiasen. Cada una es un símbolo, una tela que representa la esencia de un país o de una causa. Pero en realidad lo que cada una afirma es: "Yo tengo la razón. Mi verdad es única, y así lo sabrán todos cuando yo me extienda con el viento sobre los baluartes del enemigo, o cuando mis hijos me claven en la fortaleza de mis detractores". En realidad, toda bandera que ondea es la prueba de un vencedor, y cada triunfo se fragua con la sangre de sus rivales. Las banderas de los derrotados dejan de ser banderas: se convierten en trozos de tela que se confunden con el barro, un trapo pisoteado por botas furiosas. Eso es todo. Así se medirá el desenlace de esta contienda. La tela que finalmente se despliegue con la brisa será la vencedora, y su triunfo se habrá logrado con la sangre de miles de hombres, los que ahora veo allá abajo, listos e inmóviles. Tanto esfuerzo, tanto dolor, para que a lo último sólo reste un pedazo de tela victoriosa.

MAÑANA…

Los machetazos y los cascos de los animales que-
brando la maleza fueron interrumpidos por el grito.
Frenamos las bestias y quedamos quietos, jadeantes,
con las antorchas parpadeando en el bosque. Lo habían
encontrado. El grito se volvió a escuchar. Alguien dijo
sin aliento: *Viene del río*. Espoleamos con furia los caballos y nos abrimos paso entre el follaje hasta irrumpir
en la orilla donde el rastreador ya no gritaba sino que
tenía el rostro en alto y miraba estupefacto. Lentamente
desmontamos. Los animales resollaban con las grupas
humeantes y sus ojos se entornaban en el fulgor de las
llamas. Alguien se introdujo en el agua oscura hasta
las rodillas, y con su antorcha alumbró la rama que salía
por encima de la corriente.

—Lo torturaron —dijo el capitán.

Tenía razón. El cuerpo macabramente iluminado
se mecía en la brisa nocturna. El alambre desaparecía en
la carne del cuello. Le faltaban dedos a sus manos amarradas a la espalda. Tenía la cara magullada. Lo habían
quemado con cigarrillos, y una colilla asomada de la oreja

izquierda aún humeaba. Estaba amordazado, desnudo, con los huevos el doble de grandes y la espalda rayada a correazos. La sangre goteaba en el agua opaca que fluía bajo sus pies en susurros.

Miré a los otros. En las sombras brillaban los rostros sudorosos y arañados por las ramas del bosque. Sus miradas reflejaban la noche en vela, la cólera atragantada y, sobre todo, el miedo: la certeza de que quien estaría allí colgado la noche siguiente, mutilado y torturado, sería uno de nosotros. Los sobrevivientes.

—Bájenlo —ordenó el capitán con la voz templada de la rabia—. Y que alguien le cierre lo ojos.

LA EJECUCIÓN

Los guerrilleros llevaban días huyendo en la selva.
De los veinte involucrados en la emboscada quedaban
quince. Estaban agotados, y sabían que faltaba una
semana más de penosa marcha. Acamparon a la orilla
de un río en el ocaso. Esa misma noche enfrentaron la
situación: los nueve soldados capturados entorpecían
la retirada y no tenían provisiones para alimentarlos.
Al final de una breve discusión, decidieron fusilarlos.
Condujeron a los soldados al borde fangoso del río
con las manos amarradas a la espalda. En la oscuridad
parecían niños asustados. Para ahorrar municiones,
resolvieron liquidarlos en grupos de tres. Alinearon los
primeros, muy cerca uno detrás del otro. Los muchachos,
con los uniformes desgarrados y mugrientos, no parecían entender lo que estaba pasando. Una guerrillera se
paró delante del primer soldado; apoyó su fusil contra la
frente del joven que la miraba con los ojos incrédulos del
pavor, y disparó. Las cabezas estallaron como manzanas
verdes. Arrojaron los cadáveres al agua. Lentamente, a
tropiezos, se los llevó la corriente. El segundo grupo

chillaba y maldecía a los guerrilleros pero los mataron igual. Alinearon a los últimos tres soldados, obligándolos a quedarse quietos, y la mujer apuntó el fusil contra la sudorosa frente del primero y apretó el gatillo. Sonó un clic. Nadie se rió. La mujer examinó el arma, desconcertada, y la recargó mientras los soldados lloraban histéricos, implorando que no los mataran. Apoyó de nuevo el fusil contra la frente del primer muchacho y disparó. Los tres cayeron en el estruendo. Después de unos segundos, el último comprendió que aún estaba vivo. El cráneo de su compañero había explotado en su cara pero la bala no lo alcanzó a tocar. Mantuvo los ojos cerrados, aguantando la respiración, consciente de que la masa caliente y viscosa que escurría por sus párpados, nariz y labios, eran los sesos de su amigo. En medio de un extraño silencio, sintió que le revisaban los bolsillos y le quitaban las botas. Luego, que lo alzaban de los hombros y de los pies, y fue arrojado al río con los demás. Se dejó arrastrar por la corriente, flotando boca arriba en la noche sin estrellas, y en cuanto pudo se aferró a un tronco que lo llevó varios kilómetros río abajo. Al final, braceó despacio hacia la ribera cubierta de maleza, y salió gateando del agua, exhausto, chorreando lodo y lágrimas, con los dientes castañeteando. Miró a sus costados, cauto, y se introdujo descalzo en la espesura de la selva. Fue el único sobreviviente.

EL OCASO

Llueve. Tres hombres en abrigos negros, con los cuellos levantados, salen de la pensión y descienden velozmente los escalones de la entrada. El más alto le hace señas al cuarto que está detrás del volante y niega con la cabeza. De inmediato, los tres suben al automóvil que arranca patinando. A dos cuadras, los pies corren por la calle desierta. Las llantas apartan charcos. Los pies resuenan en la calzada. Una ventanilla del carro rueda hacia abajo. Los pies en carrera paran, vacilan, y parten de nuevo por la calle brillante. Surge el automóvil resbalando sobre el pavimento y uno de los hombres se ha asomado por la ventanilla abierta, apuntando con el revólver, y dispara. El filo del callejón escupe polvo a la vez que el muchacho desaparece con el manuscrito bajo el brazo; evade cajas, salta sobre una verja y desemboca en otra calle sin detenerse. Escucha a lo lejos el motor que frena y vuelve a rugir. Corre. El ruido del motor se acerca. Corre. De nuevo, surgen los faros bañando la calzada y el muchacho distingue su propia sombra corriendo en la luz. Faltando metros para llegar a la esquina oye un chirrido y la llanta que estalla en la acera: un segundo en suspenso, y el violento remezón contra el asfalto. Corre. Gritos: la puerta abierta a patadas del auto volcado. Truena un disparo. Después otro. Aparece el muchacho dando traspiés y, apenas dobla la esquina, cae de bruces. El manuscrito rueda por el suelo. Lo mira, jadeante. Sabe que esas cuartillas metidas de prisa en un sobre atado con una cuerda, las que relatan, denuncian y exponen, justifican su existencia. La lluvia burbujea sobre el paquete. Extiende el brazo, agarra el texto y, haciendo un esfuerzo supremo, se levanta y se recuesta contra la pared. Busca aire, ahogando un gemido, y mira hacia arriba, con los ojos apretados por el dolor y por la lluvia que no cesa, hacia la calle empinada. Sube arrastrando la pierna por la acera, la mano aferrada al hombro, dejando un brochazo rojo que la lluvia descolora. Encuentra otro callejón, oscuro y maloliente; entra, alcanza a dar unos pasos y se desploma sobre unas canecas de basura. Suda. Sangra a borbotones. La lluvia repica contra el metal de las canecas. Escucha las distantes exclamaciones de sus perseguidores. Siente las ratas que se escabullen, pasando por encima de su cuerpo. Por primera vez, desde que nació, reconoce que le quedan segundos, quizá minutos, de vida. Comprende que va a morir.

CONTACTO

Entraron los picadores. La plaza estaba repleta. El cielo azul contrastaba con la explosión de colores en los tendidos. Era la primera faena: la arena fina y amarilla se veía escasamente quebrada. Uno de los picadores se detuvo allí mismo, cerca de la puerta de cuadrillas, y el otro continuó trotando alrededor de la plaza. Se detuvo enfrente mío, cerca del burladero. El monosabio que lo acompañaba tiró de las riendas, colocando el caballo en posición al pie de la raya blanca, y luego, de prisa, ajustó la bota del picador dentro del estribo. El hombre con el sombrero castoreño no perdía de vista al toro que se acercaba serpenteando tras el capote. El matador remató y soltó el animal: pero demasiado lejos. El toro alzó la cabeza, distinguió el bulto del caballo y embistió con excesivo impulso. El picador no pudo amortiguar el choque. Alcancé a oír las costillas quebrarse. El caballo tambaleó erguido sobre las patas traseras mientras el hombre hundía la pica, descargando todo su peso tras la vara, pero el toro insistió y avanzó dos, tres pasos, y derribó al caballo contra las tablas. El picador rodó de la montura y quedó tendido boca abajo en la arena, incapaz de erguirse debido al peso de las armaduras de las piernas. De inmediato los peones acudieron dando gritos y el toro remolineó entre capotazos, resbaló, y se fue de bruces contra la arena. El caballo, anclado por el lastre del peto, hacía esfuerzos por incorporarse, moviendo en jadeos su enorme cabeza, cuando el toro se levantó y se encontró de cara frente al animal tumbado en el suelo. El caballo, ciego por el trapo rojo que le cubría los ojos, intuyó la inminente presencia: la furiosa atención de las bestias quedó fugazmente imantada, el resto de la plaza abolida. En seguida, el toro embistió.

UN ACONTECIMIENTO

> Los acontecimientos más grandes
> no son nuestras horas más estruendosas,
> sino las más silenciosas.
> FRIEDRICH NIETZSCHE

Esa noche de primavera era el aniversario de la Boston Symphony Orchestra, y el japonés Seiji Ozawa dirigía la *Sinfonía Número 9* de Ludwig van Beethoven al aire libre, en los extensos y ondulantes prados del Boston Common. Tan pronto oscureció, la muchedumbre comenzó a invadir el parque. Eran miles de todas las edades: unas llegaban con una botella de vino bajo el brazo, otras con mantas para sentarse en el césped, otras con cestas de mimbre. La gente se fue acomodando en el suelo, en donde podía, ocupando los últimos sitios disponibles. Una hora antes del inicio del concierto, las vastas colinas del parque se veían perfectamente colmadas, tapizadas de cabezas. El público se extendía hasta los árboles remotos que marcaban los confines del campo, y, por encima de las copas altas y verdes y frondosas, brillaban los monumentales edificios de la ciudad.

Al rato aparecieron los músicos de la orquesta. Los hombres vestidos de frac y las mujeres de falda negra subieron a la gigantesca tarima y se sentaron en las sillas metálicas del escenario, detrás de los atriles.

A continuación, el gran coro ingresó en el parque, y los integrantes entraron de dos en dos; los hombres y las mujeres treparon a la tarima y se situaron al fondo del escenario, en distintos niveles hasta conformar una muralla colosal de cantantes, alta y escalonada. Por último, llegaron los afamados solistas acompañados por el célebre director, y el público reventó en aplausos. Ozawa y los solistas hicieron una prolongada reverencia. Continuó el rugido de los aplausos. Al cabo, los solistas ocuparon sus puestos y Ozawa dio media vuelta con la batuta en alto. Los músicos terminaron de acomodarse, y entonces sólo se escuchó el crujido de una silla, alguna tosecita o una partitura que se desplegaba en un atril. En seguida, un silencio descomunal recorrió la multitud. La noche estrellada parecía contener la respiración. Pasaron varios segundos de un suspenso abismal, cuando de pronto Ozawa, con firme delicadeza, ordenó la primera entrada. Sonaron las cuerdas. La famosa melodía empezó casi inaudible, luego creciente, envolvente y arrastradora, dueña de una fuerza volcánica y de un misterio insondable, ascendiendo y aumentando de volumen hasta alcanzar la potencia de un temblor de tierra. La música, pensé. Lo que miles de personas escuchaban en ese momento y millones habían escuchado durante casi doscientos años, estuvo, una noche lejana e irrecuperable, tronando en la mente de un solo hombre: sentado en el salón de su casa, rodeado de velas titilantes, escribiendo y tachando sobre las hojas amontonadas.

AÚN

La relación se había acabado, y no había vuelto a saber nada de ella hacía meses. No permitía que nadie se la nombrara, y tampoco se permitía pensar en ella. Al comprobar que la gente disfrutaba al contarle que la habían visto de tal manera o en tal lugar —un deleite cruel que pocos disimulaban con éxito—, él había resuelto el problema con una medida drástica pero saludable: apenas veía que alguien se la iba a mencionar, alzaba la mano y señalaba con una sonrisa cordial para matizar la dureza del gesto: "Alto ahí. Gracias, pero prefiero no saber…". En todo caso, ya había pasado bastante tiempo. Más todavía: desde ese momento hasta ahora, él había conocido en serio por lo menos a tres mujeres. No obstante, esa noche salió a cenar con un par de amigos, y al final de la comida, mientras hacían la sobremesa y bebían el café, uno de ellos inocentemente comentó —antes de que él lo pudiera atajar— que se había encontrado con su ex novia en una fiesta. No dijo con quién la había visto ni qué tal estaba o cómo lucía. Sólo afirmó que se habían saludado de lejos. Pasaron de inmediato a otros temas, y, mientras reiniciaban la conversación, él se dijo con una sonrisa equívoca, a la vez que sorbía la caliente infusión: "No importa… A fin de cuentas, todo eso ya pasó". Sin embargo, al regresar la bebida a la mesa, advirtió el temblor de su pulso y el tintineo de la porcelana al colocar la tacita en el platillo. Entonces se volvió a decir: "No importa", y se repitió fuerte, duro, con énfasis: *"No importa"*. *"¡No importa!"*

EL PASADO

Despertó: el fino sonido del llanto acabó por atravesarle la membrana del sueño. Abrió los ojos, perplejo. A través de la ventana sin cortinas reconoció la noche pálida y ligera, y pensó que pronto amanecería. Sólo entonces advirtió que ella lloraba. Se volvió en la cama para mirarla. "¿Qué pasa?", preguntó. Sintió la lengua pastosa, entorpecida por los residuos de sueño. En la penumbra distinguió su espalda desnuda, estremeciéndose, con la sábana arrugada en la cintura. Le apretó el hombro. "¿Qué diablos te pasa?". Ella procuró calmarse. Se sentó en la cama cruzada de piernas y con la punta de la sábana se secó las lágrimas. Lo miró durante un largo tiempo, y finalmente le descargó encima todo el peso de su remordimiento. "Hace un año me veo con otro hombre", articuló con la voz quebrada, el labio inferior temblando. "Nos vamos a casar". Y rompió a llorar, incontrolable, agarrándose el cabello y gimiendo: "¡Es horrible! *¡Horrible!*". Él quedó frío. La examinó atónito, sin alcanzar siquiera a precisar sus sentimientos. De pronto, el último año pareció girar en su memoria. El conjunto total de sucesos rotaron como en un calidoscopio hasta detenerse en una imagen inconcebible pero irrefutable. Así: cada vez que ella visitaba a su madre, cada fin de semana que el trabajo la obligaba a dejarlo, cada vez que llegaba tarde de la oficina, cada vez que timbraba el teléfono y ella colgaba diciendo "número equivocado", se iba despojando de su aparente inocencia para asumir un nuevo sentido, marcado por los hierros de la traición. Ahora, descubrió, su memoria almacenaba *otro* pasado. Experimentó una dolorosa punzada en el corazón, pero antes de sentirlo quebrarse en pedazos, entrevió que el pasado no era un trayecto estático, rígido, congelado en el tiempo, como siempre había pensado, sino, por el contrario, un recorrido frágil, maleable y, sobre todo, *vulnerable*. Una sola frase, vislumbró, puede cambiar el pasado entero.

EL FIN

El bosque en invierno. La nieve cae lenta y silenciosa. La casa y el césped frente a la puerta principal son tapizados, progresivamente, por la nieve. En torno de aquel prado inmenso y circular se levanta el ramaje interminable. Desde la ventana de su alcoba, en la segunda planta, Alejandro contempla el campo blanco cercado por los árboles sin hojas del bosque denso y oscuro. Es la noche de su décimo cumpleaños.

Alguien toca a la puerta. Su madre se asoma y entra. Se acomoda junto a su hijo, y ambos observan la nieve que desciende sin pausa, cubriendo el césped, los árboles de copas cristalizadas, el tejado de la casa. Alejandro pregunta: "¿Y papá?". Ella pasa la delicada mano por su cabello, y le explica que hace horas se internó en el bosque con los otros cazadores. Alejandro la está mirando, escuchando, sintiendo aquellos dedos largos y finos que le acarician el cabello ensortijado, cuando percibe un suave temblor. Siente la vibración de los cristales. Escruta la noche a través de la ventana, y en medio de la nevada, a la luz del resplandor de la casa, vislumbra la majestuosa aparición: una manada descomunal de venados como una ondulante ola de cuernos y grupas emerge de los árboles. Salen del bosque, y pasan como en un sueño delante de la casa, atravesando en silencio el césped, dirigidos hacia la siguiente orilla del bosque. Brincan en cámara lenta. Los cascos levantan copos de nieve. Los cuernos y las colas blancas danzan en el aire. Se mueven veloces, ágiles, detenidos en el aire por un segundo y no parecen tocar el suelo cuando ya están de nuevo suspendidos en el aire. Están alcanzando la orilla, llegando a los troncos, cuando estallan las armas. Alejandro se pega al vidrio. Ve a los cazadores que salen del bosque, gritando y disparando. Los venados tropiezan y ruedan en la nieve. Algunos desaparecen entre los árboles. Los heridos se arrastran e intentan incorporarse, abriendo surcos rojos en la nieve. El eco de las descargas reverbera y muere. Cesa el movimiento entre los venados caídos. Se ve la blancura ensangrentada. La nieve sigue cayendo. Los cazadores tocan las trompas en triunfo y Alejandro distingue a su padre que los está saludando, agitando el fusil. Alejandro no lo mira.

LÁPIDA

Al mediodía el sol de la sabana comenzó a picar con fuerza. El viento levantó remolinos de polvo, blanqueando la maleza en torno de las lápidas, pero a ella no le alteró un pelo. Tenía el cabello estirado hacia atrás, sujeto en un moño duro y apretado, envuelto en una redecilla. Vestía de negro. Era delgada, de cuerpo recto y sin curvas, y parecía ignorar la tierra que le empolvaba la ropa. Se ajustó el pañolón sobre los hombros. Miraba el suelo. El hombre que estaba a su lado empezó a sudar. Se detuvo, y se pasó la manga de la camisa por la frente. Luego retomó la pala, y siguió llenando el hueco. Al cabo de un rato terminó su labor, y con el dorso de la pala apisonó el montículo con golpes parejos y sonoros. Se enderezó, volvió a pasarse la manga de la camisa para enjugarse el sudor del rostro, y apoyó la punta de la pala delante de sus zapatos sucios. La mujer no se movió. Sólo miraba el montículo de tierra. El hombre la observó de reojo. Tosió en falso y esperó un poco más, contemplando las montañas que rodeaban la pequeña colina del cementerio. La volvió a examinar, tamborileando sobre el mango de la pala, hasta que se dio cuenta de que era inútil: no iba a recibir una propina. Sin ocultar su molestia se echó la pala al hombro y se alejó murmurando una maldición. La mujer permaneció sin moverse. Un tiempo después alzó los ojos, y reparó en las lápidas que había a su alrededor, varias agrietadas y con las inscripciones borrosas por los años y los elementos. Reaccionó. Entonces se agachó, apoyó con dificultad una rodilla en la tierra, y con el índice derecho escribió a la cabecera del montículo, en letra trabajosa y equívoca, el nombre de su hijo.

SOBRE MONSTRUOS Y GENIOS

Se hizo mundialmente famoso luego de realizar su primer concierto como solista a los veinte años en el majestuoso auditorio del Carnegie Hall, en la ciudad de Nueva York. Durante la rueda de prensa que siguió a la presentación, los medios lo asediaron y él, un tanto abrumado por las cámaras, las luces y los micrófonos, contestó todo lo que le preguntaron. Reveló, inclusive, los detalles de su pasado. No lo había hecho antes. Nunca. Al día siguiente, un reportero del *New York Times* buscó la taberna de mala fama en donde el joven contó que había vivido después de la muerte de sus padres, desde los ocho hasta los quince años, sometido a un horario infernal y explotado por el dueño, un viejo alcohólico que lo maltrataba sin compasión. Soñó con escapar de allí mil veces, confesó, pero él sólo era un huérfano de origen polaco, con escasos años de escuela, de modo que soportó ese tormento sin esperanza alguna, hasta el día que apareció un empresario en la taberna. El señor se había perdido buscando una dirección en el vecindario, y de casualidad entró a pedir prestado el teléfono. En el instante en que abría la puerta y se aprestaba a salir otra vez a la calle, escuchó unos acordes en el ruinoso piano del rincón, y fue él quien lo rescató de esa ratonera. El reportero finalmente dio con el lugar. Bajó los escalones de la acera que parecían conducir a un sótano, y encontró al viejo sentado solo en la barra, con una copa a medio beber sujeta en las manos temblorosas. Sintió una punzada de lástima al comprobar la sordidez del local, con el ambiente opresivo debido a la falta de ventanas y el aire impregnado de un rancio olor a orines, y se imaginó al muchacho que lo había maravillado la noche anterior inclinado sobre un reluciente piano Steinway, inclinado en cambio sobre un balde, trapeando el piso o aguantando las burlas de las prostitutas al sentarse a tocar piezas populares para la clientela. Se presentó. El viejo sin afeitar gruñó sin interés. Hubo preguntas incisivas y respuestas molestas que desembocaron en una discusión enardecida hasta que el viejo insultó al reportero y lo sacó a empujones, gritándole que se largara de su taberna. Desde la acera el reportero exclamó: "¡Debería darle vergüenza! ¡Usted humilló durante años a ese genio!". El viejo se alzó de hombros, y mientras cerraba la puerta respondió: "Yo no me ocupo de genios".

FRAGILIDAD

Abrió el periódico y leyó: "Corresponsales de este diario en todo el país informaron que la tranquilidad es creciente, y revelaron que el *Plan Democracia*, diseñado por el gobierno para garantizar la normalidad durante las elecciones, se cumple sin mayores problemas".

"En el *Plan Democracia*, en marcha desde ayer, participan unas doscientas mil personas del Ejército, la Fuerza Aérea, la Marina, la Policía, el Departamento Administrativo de Seguridad (DAS), la Defensa Civil, los Veedores Internacionales y la Cruz Roja".

EL RECUERDO

Para Clarita Gómez (q. e. p. d.)

En ese entonces yo tenía seis años. Vivíamos todos
en la misma pieza, y dormíamos en el mismo colchón
mis tres hermanos menores, mi mamá y yo. De vez en
cuando un señor que apestaba a aguardiente dormía
con nosotros, sobre ella, y ese colchón rebotaba como
un diablo. Una mañana llegó mi viejo. Jamás lo había
visto, pero tan pronto nos despertó el portazo y vimos
a un hombre allí parado, con los ojos alucinados y un
cuchillo de carnicero en la mano, supe que era él. Estaba
borracho y sudoroso. Duró un segundo con la mano
abierta contra la puerta, mirándonos a todos con esos
ojos negros y fijos. El tipo que dormía sobre mi mamá
alcanzó a coger sus pantalones y se escabulló por la ventana y nunca lo volvimos a ver. En cambio ella no pudo
correr. Trató de hacerlo, pero mi viejo la agarró del pelo
y de un puñetazo la dejó tumbada en la cama, gritando
enloquecida, ¡Me va a matar! *¡Me va a matar!* Entonces
mi viejo se le lanzó encima y la empezó a acuchillar.
No se detuvo ni siquiera cuando ella dejó de forcejear
y la cama quedó roja y empapada. Todos gritábamos.

Mi viejo no paraba de cortar a mi mamá, y como yo era el mayor, me le enfrenté. Él se volvió jadeando, bañado en sudor, con los ojos desorbitados y los brazos rojos de sangre hasta los codos, y por primera vez nos miramos a la cara. Me mostró el cuchillo enorme que goteaba, y me dijo: No se meta, o lo mato. Todavía lo puedo ver cuando cierro mis ojos: abierto de rodillas sobre el cuerpo de mi mamá, mostrándome ese cuchillo casi negro como si lo hubiera hundido en aceite, y con esa mirada de loco y el rostro salpicado de sangre, listo a cortarme... Ése es el único recuerdo suyo que tengo en mi memoria.

FRANQUICIA

Para Juan Manuel Santos

Los cadetes salieron alborozados al patio central de la Escuela Naval. Vestían impecables. Entre bromas y risas revisaron por última vez sus uniformes de franquicia mientras llegaba el oficial de guardia. Sabían que la menor mancha en los zapatos blancos, en las medias blancas, en la hebilla niquelada del cinturón blanco o en esos guantes blancos como de colegiala, bastaba para que les negaran la salida. El que estaba junto al flaco Ruiz lo vio sacudiéndose la bota del pantalón. "¿Nervioso, flaco?", preguntó. "Feliz", dijo el cadete, examinando las mangas de su chaqueta. "Imagínese: llevo diez meses sin ver a mis viejos y vamos a cenar juntos esta noche… Probablemente no los vuelva a ver en un año". Se enderezó frente a su amigo, ajustándose la gorra en la cabeza, y le preguntó con una sonrisa: "¿Cómo luzco?". En ese momento apareció el oficial. Los cadetes formaron filas. El teniente pasó revista. Se detuvo frente a Ruiz, y lo inspeccionó con atención. "Cadete", le dijo en un tono cordial, "su chaqueta está sucia". Ruiz pestañeó desconcertado. Se miró la prenda de dril, blanca como una botella de leche, y no vio la mugre. "¿Sucia?", sólo atinó a balbucear. "¿En dónde, teniente?". "Allí", respondió el oficial, señalando con la barbilla un punto en su pecho. Perplejo, Ruiz volvió a examinar la tela, pero la vio limpia. "¿No me cree, cadete?", preguntó el oficial. Ruiz miró otra vez el punto blanco, parpadeando, y confesó extrañado: "Pero… no veo nada, teniente". Entonces el oficial se agachó, con cuidado untó el índice en la tierra y ensució ligeramente el pecho del cadete. Señaló la mancha. "Fíjese", dijo. "Está sucia, ¿verdad?… Vaya cámbiese". Ruiz, ahora comprendiendo y con la cara roja de la rabia, saludó y dio media vuelta. Al minuto regresó vistiendo otra chaqueta marinera, idéntica a la anterior, blanca y limpia. El oficial seguía en su sitio. Ruiz se cuadró delante suyo. "Increíble", dijo el teniente, negando con la cabeza. "La misma mancha". Se agachó de nuevo, untó la yema del dedo en el suelo y volvió a ensuciar el pecho del cadete. "Sorprendente, ¿no le parece, Ruiz? Vaya cámbiese". El cadete parecía que iba a decir algo, pero sólo saludó y dio media vuelta. Regresó con su última chaqueta de franquicia. Se detuvo en posición de firmes ante la mirada imperturbable del oficial. Le temblaba el labio inferior. "Pero, cadete…", le recriminó el teniente con una voz casi amable, "¿por qué no mantiene limpio su uniforme? ¿No ve que si anda por la calle con la ropa mugrienta desprestigia a la Marina entera?". Se agachó otra vez, y con un ligero movimiento del dedo, como si escarbara en la tierra, se tiznó el índice y volvió a manchar el pecho del cadete. Suspiró con desaliento, como si tuviera delante a un chico incorregible, y declaró con pesar, como si lo lamentara de veras: "Salida negada". En seguida, continuó inspeccionando a los demás cadetes.

LA LECCIÓN

El semáforo cambió a verde, pero el automóvil que estaba delante suyo no se movió. El hombre dio un toque de bocina. El auto no avanzó. Volvió a tocar un par de veces más, impaciente, pero la persona que estaba en el vehículo sólo echó una mirada de fastidio a través del espejo retrovisor. Entonces el hombre hundió el botón de la ventanilla, bajando el cristal, y sacó la cabeza. "¡Oiga, imbécil!", gritó. "¡Quítese de allí!". Segundos después, la puerta del automóvil se abrió. Un hombre se bajó sin prisa. Vestía pantalones de cuero, botas de piel de serpiente y una colorida camisa de seda. Se acercó al automóvil portando un revólver en la mano. Preguntó en un tono controlado: "¿Me está insultando, señor?". El hombre detrás del volante palideció al ver el arma y tartamudeó una disculpa: "Fu... fue sin querer", se excusó. "Lo... lo que pasa es que el semáforo cambió y... y usted no se ha movido". Entonces el otro levantó el revólver y se lo introdujo con brusquedad en la boca, desportillándole un diente y rayándole la encía. "Bueno", silabeó con calma, "entonces repita conmigo: a mafioso no se le pita... ¿A ver?... Repita: a mafioso no se le pita".

LA DANZA

Para Eduardo Mendoza

Entonces decidieron matar a Satanás.

Era valiente y arrogante, y conocido como uno de los sicarios más temidos de la Costa Atlántica colombiana, pero hacía rato que andaba fuera de control. El trabajo requería un golpe sin rastros, hecho por alguien de afuera, de modo que contrataron a un profesional del interior. Al día siguiente, el asesino llegó a Barranquilla tarde en la noche. Dos horas después, sabía que Satanás había cenado solo en un restaurante chino, luego había visitado a su madre, y más tarde se había dirigido a los bailaderos del puerto acompañado de una mujer. El asesino lo buscó en varios locales, ingresando y saliendo con cautela, hasta que finalmente lo encontró en *El loro enamorado*, un salón grande y lleno de gente, asomado al río Magdalena, por cuyas ventanas abiertas brotaba una música alegre y ruidosa. Lo vio desde la entrada. Bailaba sonriente pero sin hablar con la muchacha. Al igual que las demás parejas, los dos parecían concentrados en las astucias de los pies, en los pasos y en las vueltas del baile, indiferentes al humo y al calor y al volumen de la música. El hombre se acercó entre la muchedumbre. Se detuvo junto a la barra. Al dar media vuelta, Satanás vio al desconocido que se aproximaba. Fingió ignorarlo pero cuando el asesino sacó el arma Satanás giró ofreciendo el cuerpo de la mujer quien recibió tres impactos en la espalda y saltó por encima de las mesas soportando un balazo en el hombro y cayó sobre el hombre rodando enfrascados en una pelea que los sacó a tumbos por la puerta a la calle. En medio de la confusión y del pánico la gente chilló y se arrojó al suelo. Algunos se escabulleron debajo de las mesas, y espiaban la entrada oscilante y el cuerpo de la joven sangrando boca abajo en la pista. Hubo un momento de silencio. De pronto, afuera, sonaron disparos. La puerta fue abierta a patadas, y entró Satanás cargando al matón abrazado como un muñeco de trapo, gritándole al oído: "¡Ahora vas a *bailar* hijo de puta!". Y procedió a bailar con el asesino muerto alrededor del cadáver de la muchacha.

LA AGONÍA

Durante tres días agonizó el mendigo. Según informaron las autoridades, el viejo estaba encaminado hacia un centro de salud pero no alcanzó a llegar a tiempo. Se desmayó en la zona verde junto al instituto, a sólo veinte metros de la puerta principal. A lo largo del primer día, los médicos del centro y los vecinos del lugar lo vieron tumbado en el pasto, pero siguieron su camino. Al cabo del segundo día, un transeúnte telefoneó al instituto y les comunicó el estado del viejo; sin embargo, le informaron que el caso no les correspondía a ellos sino a la policía. Esa tarde, una pareja que pasaba lo cubrió con un plástico que hallaron en una caneca de basura cercana, pues no había dejado de llover en toda la semana. Al tercer día, un lunes gris y sin sol, amaneció muerto. La policía lo recogió por la tarde. Luego de un análisis preliminar, dijeron que el viejo había muerto de hambre. En la acera opuesta hay cuatro restaurantes, dos de comida rápida. Un noticiero de televisión filmó el levantamiento del cadáver, y un testigo que había visto al moribundo, tres días antes, se lamentó ante la cámara, mientras sorbía un helado: "Nos hemos insensibilizado".

LA MUERTE DE UN SENTIMIENTO

La lectura de Friedrich Nietzsche lo tenía deslumbrado. El aliento arrasador de su palabra recordaba a un dinamitero más que a un filósofo. La poesía de su prosa y la agudeza de su mirada parecían instrumentos de sacrificio. Lúcido e irreverente, lo veía fustigando a los perezosos, sacudiendo los cimientos de los ídolos y arrancando de raíz las creencias más rancias de Occidente, como maleza en torno al pensamiento moderno. En las mortecinas naves de las iglesias escuchaba el resonante eco de sus carcajadas. Ese día leyó: "Un chiste es el epigrama de la muerte de un sentimiento". Brillante, se dijo. En seguida hizo memoria, y evocó los chistes racistas o machistas que había escuchado a lo largo de su vida, y también aquellos relacionados con el drama actual de la violencia nacional, y hasta los muchos que se contaron después de la tragedia del volcán de Armero. Qué cierto, se volvió a decir. Sonó el timbre de la puerta. Cerró el libro y se levantó a abrir.

—No lo puedo creer. Hombre, ¡qué sorpresa!

—Acabo de llegar y me dije: tengo que saludar a mi vecino.

—Pero no se quede ahí parado. Siga, siga…

—Gracias.

—Bueno, ¿y qué tal el viaje? ¿Cómo lo trató Medellín?

—Delicioso. Esa es mucha ciudad tan sabrosa. Y eso que saliendo del aeropuerto vi dos muñecos.

—¿Muñecos?

—Sí. Así les dicen a los atropellados por un automóvil.

—¿Y eso por qué?

—¿No ha visto cómo quedan en el asfalto, todos torcidos con un brazo debajo de la espalda y una pierna sobre la cabeza? ¡Iguales a un muñeco!

Ambos se rieron.

Cuando se marchó su vecino él retomó el libro, y continuó disfrutando la lectura de Nietzsche.

VERTICALES

La sirena termina de aullar. La ambulancia detenida
frente a la puerta de la mansión ha quedado ladeada,
y se ve la grava abierta por el frenón de las llantas.
El bombillo rojo del vehículo sigue girando en la noche,
intermitente, lamiendo en seco la fachada de piedra.

El conductor mantiene abierta la puerta trasera
de la ambulancia, a la espera de la camilla. Observa las
pocas ventanas con luz del segundo piso. Escucha voces
que chillan, llantos y un ajetreo de angustia: trancos,
cajones, portazos. Oye pasos atropellados que descienden los escalones de la casa y por la entrada salen los
dos enfermeros cargando la camilla que brinca, segui-
dos de cerca por los padres en bata del muchacho que
yace inconsciente en la misma. Le cuelga un brazo con
la mano rozando el suelo, y se ve su muñeca envuelta
en una venda ensangrentada. De prisa, los enfermeros
aseguran la camilla en el interior de la ambulancia, y uno
le comenta en voz baja al otro: "Cortadas verticales…
No estaba bromeando".

NOCHE DE ESTUDIO

Para Nelson Vásquez

Estábamos en la cafetería a las ocho de la noche cuando saltó la puerta como si la hubieran pateado desde afuera. El portazo nos levantó de las sillas y unos ya estaban corriendo hacia las ventanas. Sólo era el viento. Durante un minuto quedamos confundidos y vacilantes, algunos inmóviles en plena carrera, otros sin terminar de levantarse de su silla, y todos mirando en el repentino silencio las tablas empujadas por las rachas de aire. En otra ocasión no fue el viento. Era tarde en la noche, pero seguía casi llena la cafetería porque era el único sitio en toda la universidad que aún tenía luz para estudiar. Afuera llovía con fuerza, y el viento aullaba al colarse por las rendijas de las puertas, y por eso cuando estalló la entrada creímos que era de nuevo el viento. Por eso no huimos. Esta vez era el Ejército. Entre diez y quince soldados irrumpieron en el recinto volcando mesas, tumbando sillas y, gesticulando con los fusiles, nos ordenaron contra la pared con las manos en alto. En seguida entraron dos oficiales custodiando a un individuo encapuchado. Era un tira, un infiltrado, y sin saberlo habíamos convivido con él quién sabe cuánto tiempo. La capucha impedía que lo reconociéramos, y sólo tenía los agujeros de los ojos abiertos con un par de tijeretazos, y vestía un uniforme militar. Nos examinó a todos, sin decir una palabra, y al terminar señaló a uno de los más extremistas de los estudiantes y a otros dos en quienes yo nunca me había fijado. Se detuvo delante de ellos y les apuntó con el dedo. Solamente apuntó. De inmediato, los soldados los cogieron a golpes y los sacaron a empujones y a rastras de la cafetería. Al final, en medio del rumor del aguacero, oímos un camión que partía. A uno de los que se llevaron esa noche lo volví a ver años más tarde, y con la mirada inquieta me negó que eso le había ocurrido.

LA ÚNICA OBLIGACIÓN

Cuando ella finalmente colgó el teléfono, después de decirle que la relación se había terminado y que no lo quería volver a ver jamás, él se sintió arrojado al abismo de su soledad, igual a un planeta expulsado de su órbita, girando en el vacío del espacio sin rumbo ni centro de gravedad. No soportó el golpe. De noche, mientras dormía, con frecuencia lo despertaba de un sobresalto el extraño sonido de sus propios sollozos. Duró meses destruido, pensando en ella, sólo en ella, arrastrándose por el fango de bares y burdeles intentando olvidarla, precipitado por un despeñadero sin sospechar siquiera que estaba cayendo, resbalando hacia el límite de sus últimas fuerzas. Una noche de aguaceros torrenciales, tocó fondo. Afuera tronaba la lluvia, y el agua crepitaba sobre el tejado de su casa cuando de pronto, en el destello de un relámpago, pareció despertar de un sueño atroz: en el resplandor del fogonazo se vio reflejado en el espejo del baño, con el rostro ojeroso, barbudo y demacrado, y con la temblorosa cuchilla posada sobre sus palpitantes expectantes venas azules. Dejó caer la cuchilla al piso de baldosas. Aferrado a la porcelana del lavamanos, se acercó a su imagen en la penumbra para mirarse a los ojos, y entonces se resquebrajó por completo la represa de su llanto. Abatido, lloró largo y sin pausas, tanteando en busca de apoyo hasta quedar sentado en el cuarto de baño. Se sintió completamente derrotado. Pero a diferencia de las veces anteriores, ahora él no lloraba por la falta tan brutal que ella le hacía, sino por su fracaso de soportar un golpe devastador. En ese momento lo alcanzó como un rayo, pero no súbito ni fulminante, sino más bien agotado, titubeante en las tinieblas, el oscuro entendimiento de la única obligación: reconstruir.

AÑO NUEVO

El borrachito procuraba mantener el equilibrio. Tambaleando, dio un paso hacia adelante, luego otro hacia atrás, y finalmente cayó sentado de un golpe sobre el andén. Nada importa, murmuró.

Era la fiesta de Año Nuevo en Cartagena de Indias, y la muchedumbre compacta y alegre bailaba ritmos tropicales en la Plaza de Santo Domingo. La música vallenata brotaba de un conjunto instalado en el Callejón de Los Estribos, y los camareros del restaurante *Paco's*, en la esquina de la plaza con la calle larga de los anticuarios, habían sacado las mesas al aire libre para gozar la brisa nocturna. La plaza tenía una atmósfera de aquelarre: un apagón había dejado la ciudad a oscuras, pero la luna llena en el centro del cielo despedía un brillo fantasmal, filtrándose a través de las ruinas del convento. La gente se recortaba en la negrura como sombras vivas.

El borrachito parecía estudiar el asfalto, asintiendo. De pronto, como impulsado por una fuerza interior, intentó erguirse de nuevo, buscando apoyo en el aire, hasta que se incorporó a medias y se enderezó con trabajo, moviendo los brazos como la persona que intenta patinar sobre hielo por primera vez. Las parejas se reían y bailaban a su lado. Lo miraban con una sonrisa, y alguna pasó demasiado cerca al ejecutar una vuelta, entonces el viejo perdió el equilibrio y volvió a caer sentado en el andén. Hizo un ademán con la mano, como espantando una mosca, y aunque seguramente quiso exclamar, No importa... en cambio murmuró, Nada importa... Alzó la mirada, vidriosa y errabunda, y musitó otra vez, Nada importa.

En ese momento, el cielo bramó en un estruendo y la noche se cubrió de una llovizna de lucecitas artificiales. Varios muchachos repartieron voladores entre el público, y les arrimaban la brasa del cigarrillo al tubo de papel que sujetaban con las yemas de los dedos, atado a la caña larga de bambú; en seguida la mecha crepitaba y los voladores escupían un escandaloso chorro de chispas y salían disparados al cielo, trepando en espirales hasta estallar en detonaciones: una, y otra, y luego otra y otra, una pausa y por fin la explosión de la última, grande y resonante, y por un segundo la silueta de la caña se recortaba en las alturas y caía en las tinieblas. Otro grupo de jóvenes intentó elevar un gigantesco globo de papel, como un diamante de colores, y por encima de las cabezas se veían las manos sin cuerpos sosteniendo las puntas del papel iluminado por dentro. El globo se fue inflando con las bocanadas de humo, y apenas empezó a tirar como pujando hacia arriba, lo soltaron y ascendió bamboleando en diagonal, llevado por la brisa del mar, y en medio de la gritería y del goteo de aceite como si estuviera orinando fuego, no alcanzó a sortear la fachada de la iglesia y tropezó contra la punta de la torre. Dio un par de bandazos sin control, y alcanzó a trepar unos metros más cuando un costado del papel recibió un lengüetazo de fuego. De inmediato el globo se incendió y se derrumbó en llamas.

La gente aplaudió y continuó bailando en la plaza. Muchos lanzaron voladores y cohetes hasta tarde en la noche, y otros encendieron volcanes, serpentinas, luces de bengala y triquitraques. Poco a poco, el enlosado de la plaza se fue llenando del humo ceniciento de la pólvora, con su denso olor a azufre que ingresaba áspero por las fosas nasales.

El borrachito alzó la vista extraviada, y se trató de levantar otra vez. No llegó a incorporarse del todo, y permaneció encorvado durante unos segundos, cuando se desplomó de nuevo sobre el bordillo de la acera. Gesticuló con las manos, negando con la cabeza y repitiendo, Nada importa... Nada importa... Entonces se quedó sentado, con la cabeza inclinada sobre el pecho, murmurando en voz baja, casi inaudible, Nada importa... Nada importa...

MI TURNO

Él tenía doce años de edad, y era su primera noche en el internado. Al igual que muchos de sus compatriotas, había llegado a ese país escapado del suyo, huyendo de un secuestro, y debido a la velocidad de los hechos (recordaba a su madre sacudiéndolo en mitad de la noche, y luego empacando de prisa pero medio dormido y sin entender lo que estaba pasando, y después el susto que le produjeron los hombres armados de ametralladoras que los acompañaron en el automóvil por rutas alternas hasta llegar al aeropuerto, y luego el avión despegando en la madrugada helada y él pensando en una especie de comprensión tardía que se estaba marchando sin saber hasta cuándo, sin haberse despedido de nadie, y sintiendo el corazón que se le rompía en pedazos) la familia había tenido que separarse. Como él era el menor, a última hora ingresó en ese internado parecido a una escuela militar.

Para él todo era extraño en aquel lugar: el invierno desolador, sus compañeros de dormitorio, su habitación en forma de cubículo con la tela de cortina que hacía de puerta, la mesita de estudio, la cama, y el diminuto armario para la ropa. Había una pequeña ventana que miraba hacia unos pinos grandes y centenarios, y ahora los distinguía en la oscuridad, cubiertos de nieve.

El profesor a cargo del dormitorio anunció con las manos en bocina que era hora de dormir, y de inmediato se apagaron las luces. Se oyeron sus trancos al retirarse por el corredor, y después el golpe de su puerta al cerrarse una resonancia de caverna. Cesaron los ruidos, y la noche se hizo inmensa. Sin embargo, minutos después, comenzaron a despuntar, soterradas y clandestinas, las risitas y las bromas de los niños en los cubículos vecinos. Por ser nuevo en el plantel, él no tenía lugar en esas diversiones, de modo que los golpes de las almohadas y las risas sofocadas y los pies descalzos corriendo por el piso de tablas, eran expresiones de un mundo que él no podía compartir. Alzó la cabeza, miró la silueta de los árboles grandes y siniestros recortada en la ventana, y pensó en su tierra y en su gente. Pensó en lo que había dejado de la noche a la mañana, y escuchaba las palabras de su padre al decirle que, lo más seguro, era que no regresarían jamás. En ese momento, sintiéndose tan lejos de todo aquello y tan cerca de ese ambiente inhóspito, experimentó la soledad. Se sintió desprovisto de amigos, dioses y familia. Entonces lloró. Se embutió la almohada en la boca para amordazar los sollozos y evitar las burlas de los otros, y lloró recordando a sus amigos, a sus hermanos, a la niña de ojos grandes que había conocido poco antes de partir, incluso su colegio anterior y el parque del barrio que para él era lo mismo que la felicidad. Lloró hasta que vio las primeras luces del alba. Se trató de calmar y prestó atención: todo era silencio. El murmullo de los niños se había apagado horas antes, y él sabía que había llorado toda la noche.

Se secó las lágrimas con el dorso de la mano, miró los árboles envueltos en la nieve grisácea de la mañana, y se dijo, plenamente consciente de las palabras: Está bien. Ahora es mi turno. Entonces sonó la primera campana, la que anunciaba el comienzo de su nueva vida.

LO MISMO

Locutor 1: Y ahora las noticias de última hora.

Locutor 2: Sí, pasemos a las noticias.

Locutor 1: Las autoridades de Estados Unidos acaban de confirmar que un grupo de balseros cubanos no podrá solicitar la residencia en este país ni la legalización de su estado inmigratorio, debido a que no alcanzó a tocar tierra firme esta mañana...

Locutor 2: ¿Cómo así? ¿Qué pasó?

Locutor 1: Ustedes saben que la ley norteamericana establece que las personas que salen de Cuba en esas balsas improvisadas, con sus escasas pertenencias a bordo, después de dejar todo en la isla y de lanzarse a los peligros del mar abierto, en esas travesías en las que han muerto cientos de personas en busca de la libertad y una vida mejor, si llegan a tocar costa americana tienen derecho al asilo político y a la residencia estadounidense en forma automática. En cambio, los que son interceptados en cualquier lugar del mar son repatriados a la isla. Es la famosa ley conocida como "Pies secos *versus* pies mojados".

Locutor 2: Correcto.

Locutor 1: Pues bien. Este grupo de balseros, que comprendía unas quince personas y, entre ellas, había varios niños, no llegaron a la costa. El mar estaba bravo, y esta madrugada, al arrimarse a los cayos del sur de la Florida, se tuvieron que arrojar al agua que, en esta época de enero, es bastante fría, y nadaron hasta alcanzar los cimientos de un puente… a cuarenta metros de tierra.

Locutor 2: ¿Entonces?

Locutor 1: Pues resulta que los oficiales acaban de anunciar que ese puente está abandonado hace un par de años, y que ya no comunica con tierra firme, de modo que los balseros no sólo no tendrán derecho al asilo político, sino que los van a deportar nuevamente a Cuba.

Locutor 2: Oye… ¡bastante dura la cosa!

Locutor 1: Así es. ¿Se imaginan la odisea? Los preparativos, los días y las noches organizando la expedición a escondidas, dejando para siempre a la familia y a los seres queridos en su pueblo de Matanzas, lanzándose en esas balsas que son lo más precario del mundo, navegando a la deriva durante días con la esperanza de que las corrientes del golfo los empujen hacia la costa norteamericana, venciendo las olas inmensas, soportando el miedo, el hambre y la sed, y luego, cuando al fin divisan el perfil de la tierra, y ven que se están acercando, y ven que se tienen que arrojar al mar porque las olas los van a reventar contra los escollos, dejan lo poco que tienen en la balsa que, en efecto, segundos después se hace astillas contra las rocas, y nadan como pueden hasta alcanzar los cimientos de un puente de cemento, exhaustos y muertos del frío pero llenos de júbilo porque han llegado, su sueño se ha cumplido, están a salvo y han dejado atrás la isla y el mar abierto infestado de tiburones… Sin embargo, en ese momento los guardacostas les dicen que no, que si hubieran nadado cuarenta metros más habrían tocado la playa, pero que ese viejo puente ya no forma parte de tierra firme y por eso van a ser devueltos a la isla, lo que equivale a decir que irán a prisión, porque el delito de la deserción en Cuba se paga con cárcel.

Locutor 2: Oye... ¡qué mala suerte!

Locutor 1: Así es.

Locutor 2: Me imagino que es como cuando uno está jugando Monopolio, y está a punto de llegar a la casilla para cobrar los 200 dólares que se necesitan para ganar la partida, y justo en ese momento uno lanza los dados y aterriza en la casilla de los impuestos inesperados, ¡y toda esa ilusión se viene al suelo!

Locutor 1: Sí... supongo que es igual. Debe de ser exactamente lo mismo.

FOTOGRAFÍA

—¿Y esta foto?

—¿Cuál?

—Esta…

—Ah… sí. Fuerte, ¿verdad?… Es mi favorita.

—Estás bromeando.

—No.

—¿Por eso la tienes pegada junto a tu escritorio?

—Así es.

—Pero… ¡Si es horrible! ¿Por qué te gusta?

—No lo sé…

Se arrimó para examinarla de cerca.

—Siempre me ha fascinado —confesó—. O, mejor, siempre me ha intrigado. Me recuerda algo… ¿cómo decirte?… Algo esencial… realmente importante.

En la fotografía, tres leones se están devorando una gacela que aún está viva. Tienen los hocicos hundidos en el vientre abierto, y hurgan y destrozan las entrañas al tiempo que la gacela ha estirado el cuello al cielo, la cabeza echada hacia atrás, y chilla con la lengua afuera.

Los leones están concentrados en las vísceras e ignoran el gemido del animal.

—No entiendo. Es horrible.

—Impresionante, ¿no?

—Es horrible. No entiendo.

—Bueno, no importa.

EPÍLOGO

NOTA

El siguiente epílogo corresponde a un interés crítico del autor. Mi intención no es ofrecer una lectura que explique o sustente los textos recién leídos. Más bien procuro resaltar el surgimiento del *sketch*, es decir, el boceto, una forma nueva en prosa inventada por el escritor norteamericano Ernest Hemingway, alrededor de los años veinte en París, y que, por razones que más adelante comentaré, lamentablemente descuidó. Esta forma la he rebautizado "Epífano".

A quienes les interesan el tema de los géneros en prosa y la pregunta si aquí tenemos, a disposición de los narradores, una forma válida, autónoma y alterna, la lectura del presente epílogo puede tener algún beneficio. Para quienes estos asuntos no se identifican con sus propias inquietudes, no sobra anotar que su lectura puede resultar prescindible sin que eso, a mi juicio, afecte o modifique su valoración, positiva o negativa, de los cincuenta textos anteriores.

He descubierto una forma nueva.
ERNEST HEMINGWAY

Es verosímil que estas observaciones
hayan sido enunciadas alguna vez y,
quizá muchas veces; la discusión de su
novedad me interesa menos que
la de su posible verdad.
JORGE LUIS BORGES

Nevertheless,
there can be but few of us who had never known
one of these rare moments of awakening
when we see, hear, understand ever so much
—everything— in a flash
before we fall back again
into our agreeable
somnolence.
JOSEPH CONRAD

INTRODUCCIÓN

Este libro nació de una casualidad. Al final de mi carrera universitaria enfoqué mi tesis de grado hacia la manera que las influencias literarias operan y actúan en la formación de un novelista. Mi punto de partida, el cual se acercaba más a una intuición que a una certidumbre, era que a lo largo de este decisivo período de formación, período de búsquedas, tropiezos y hallazgos, el joven novelista experimenta o, más exactamente, *padece* una serie de influencias determinantes que no sólo lo espolean a crear —y por eso mismo dejan huellas imborrables en su prosa—, sino que lo desafían y lo ponen a prueba como creador.

Desde el inicio de la investigación, yo tenía claro un hecho fundamental: la compleja relación que se establece entre el joven y el maestro, aquel que lo jalona a escribir y que lo envuelve hasta el punto de que la prosa del aprendiz se ve marcada por la lectura embrujadora, no es la inofensiva metáfora de un enfrentamiento, sino una auténtica batalla a muerte. Deslumbrado por el arte del precursor, la imaginación del joven es literalmente absorbida, casi suplantada, por aquella abrumadora influencia, de modo que el riesgo de terminar artísticamente anulado, castrado, condenado a imitar al maestro sin poderse desprender de su yugo para descubrir su propia voz, constituye una alta probabilidad. Se trata, sin aventurar una exageración, de un combate, y un combate que sólo admite vencedores: si la influencia resulta insuperable o demasiado seductora para el principiante, es decir, en vez de *utilizar* al maestro para fabricar su propia obra, éste se verá atrapado por los hilos de su genio y, en consecuencia, destinado a reproducir su estilo, sus giros, modismos y recursos (en una palabra: plagiarlo), lo cual conducirá a su mediocridad y, por lo tanto, a su *inexistencia* como artista. En cambio, si el joven posee la suficiente fuerza como creador, lejos de resultar aplastado por la poderosa influencia se aprovechará de ella para aprender métodos descriptivos, cultivar técnicas narrativas, descubrir material de trabajo y distinguir el conjunto de obsesiones, recuerdos y motivos que harán de él (si posee, paralelamente, el talento requerido) un narrador irreemplazable.[1]

---

[1] Subrayemos un punto importante: el material de trabajo del cual se nutre un artista proviene de varias fuentes, y no sólo de sus propias experiencias sino también las de los demás. El escritor descubre material artístico a través de lo que ha vivido, pero también a través de lo que ha escuchado y leído. Por eso, en la primera novela de Lawrence Durrell, *The Black Book*, el narrador afirma: "In order to write one must first be convinced that every book ever written was made for one to borrow from. The art is in paying back these loans with interest. And this is harder than it sounds." ["Con el fin de escribir, primero hay que estar convencido de que cada libro que se ha escrito, se hizo para que uno lo utilice. El arte consiste en pagar esos préstamos con intereses. Y esto

Así, el problema no consiste en evitar las influencias, lo cual es imposible, sino en qué hacer con ellas. Y para bien o para mal, el joven sólo dispone de una manera de enfrentarlas: creando, asimilando a través de la escritura las enseñanzas ajenas. En eso radica el furioso combate: si el maestro anula la individualidad del aprendiz, si absorbe como una esponja su imaginación y lo condena a reproducir, imperfectamente, su obra consagrada, no sólo lo derrota como artista, sino que lo usa para difundirse a través suyo.[2] Por eso, esta relación, más parecida a una batalla feroz que a un sereno proceso de aprendizaje, es, muy posiblemente, el mayor desafío que debe afrontar un joven novelista durante su tiempo de formación. El esfuerzo por emanciparse del dominio de su precursor requiere un empecinamiento tenaz y una fuerza titánica, en ocasiones desagradecida y mordaz, hasta injusta y violenta, pero necesaria para transformar lo ajeno en propio, y para cortar las amarras que lo atan a su maestro como

---

es más difícil de lo que parece".] La traducción del original es mía, como lo serán todas del presente epílogo, a menos que se indique lo contrario.

[2] En efecto, la derrota del joven significa el triunfo del maestro: si el segundo abruma al primero, a la vez que lo neutraliza como creador lo *utiliza* para prolongarse en el tiempo. Los grandes novelistas perduran en la memoria colectiva y su huella se mantiene fresca en la historia de las letras no sólo por sus respectivos libros, sino, también, por las obras de numerosos talentos menores que se encargan de divulgar las ideas y los aportes literarios del maestro. Sin duda, cuando un precursor obliga a un escritor menos diestro a calcar su genio pero sin compartir los laureles, en última instancia lo conduce a la irrelevancia, pues aquél aparecerá como un mero imitador, mientras que el maestro resurgirá, constantemente, como una poderosa voz original.

si fueran cordones umbilicales de acero. Únicamente así, huérfano pero libre, el joven descubrirá su propia voz como novelista, voz en la cual el eco de sus influencias cardinales no resonarán como tales, sino que aparecerán silenciadas, digeridas, integradas en su estilo personal. Presentes, claro está, pero casi imperceptibles. En verdad, mi convicción actual es que una de las razones por las que no sobresalen más figuras como novelistas, es que buena parte de los talentos en formación no superan esta dura prueba inicial, y mientras procuran dar sus primeros pasos como escritores, son literalmente derrotados por sus precursores. Mejor dicho: aquellos novatos se ahogan en los remolinos de su respectiva influencia, y más bien son contados los autores en potencia que logran, tras un esfuerzo desgarrador, extraer lo que necesitan de sus maestros para luego independizarse y crear libres de sus sombras aplastantes.[3]

---

[3] Señalo que este proceso de aprendizaje, caracterizado por sucesivos préstamos, saqueos y robos literarios, no implica, necesariamente, falta de originalidad. Cada autor tiene derecho a emplear lo que el mundo le ofrece para crear su obra, y resulta saludable que explore ese mundo con una actitud utilitaria, como si fuera una cantera que existe exclusivamente para proporcionarle material de trabajo. Este material, al ser enriquecido con la imaginación del autor y con sus vivencias personales y con su escritura, da lugar a la obra literaria. De otro lado, parte de ese mundo que lo alimenta como artista, y parte esencial para un escritor, incluye sus lecturas. Sin embargo, la utilización de aquéllas (y sus inevitables préstamos) se justifica siempre y cuando se someta a otro proceso: el de la transformación del material ajeno en formas, descripciones e imágenes propias. Sólo así ese material dejará de ser una mera apropiación, y se convertirá en una conquista, en un descubrimiento personal, en innovación. El novelista Mario Vargas

Al iniciar la investigación, conocí el iluminador análisis de Harold Bloom, *The Anxiety of Influence*, el cual esclarece la naturaleza de este conflicto en el campo de la poesía. No obstante, en el campo de la prosa, en donde operan relaciones y reacciones distintas y específicas, yacía una laguna curiosamente intacta. La teoría que nació del trabajo de grado y que buscaba describir la relevancia de las influencias en el proceso de formación de un novelista, junto con la espinosa relación que surge entre el aprendiz y su precursor, la denominé *Las zonas de influencia*.

Corrí con suerte: un autor que yo había estudiado con verdadero detenimiento había tenido un proceso de formación que parecía ejemplificar, como pocos, el laberinto de esta teoría: Gabriel García Márquez. Si el proceso mencionado describe con exactitud el vía crucis formativo de varios narradores, en el caso del Premio Nobel colombiano su formación como novelista trasluce dicho proceso con una nitidez y una precisión que rayan en lo inverosímil. Es como si el período que comienza una tarde de septiembre de 1947, cuando

---

Llosa lo precisó así al explicar el uso, de parte de Flaubert, del estilo indirecto libre (uno de sus grandes aportes a la novela moderna): "No se trata de una imitación, por lo menos en el caso de auténticos creadores, capaces de servirse de formas ajenas de una manera original (con lo cual esas formas dejan de ser ajenas y pasan a ser suyas). La imitación en literatura no es un problema moral sino artístico: todos los escritores utilizan, en grados diversos, formas ya usadas, pero sólo los incapaces de transformar esos hurtos en algo personal merecen llamarse imitadores. La originalidad no sólo consiste en inventar procedimientos; también en dar un uso propio, enriquecedor, a los ya inventados". Mario Vargas Llosa, *La orgía perpetua*, Editorial Seix Barral, Barcelona, 1975, p. 259.

García Márquez escribe su primer relato, y termina otra tarde de enero de 1965, cuando inicia su primera obra de incuestionable madurez, *Cien años de soledad*, se hubiera dado, entre muchas otras razones, para tornar visible la teoría de las zonas de influencia.

Además, el caso de García Márquez era fecundo para mi investigación por otra razón. Si se desea esclarecer la manera como interviene y actúa una determinada influencia en la formación de un novelista, es indispensable contar con un período de aprendizaje lo suficientemente largo y productivo para que se puedan apreciar las huellas grabadas en la prosa durante el dominio de dicha influencia. Y aquí encontramos el primer problema. Por lo general el público sólo conoce las obras de madurez de sus autores predilectos, y los textos que aquéllos escribieron durante sus años iniciales, mientras dominaban el oficio de escritor y su ineludible carpintería, precisamente por tratarse de textos menores, imperfectos, plagados de los vicios y defectos de la juventud (entre ellos, justamente, la presencia excesiva e inocultable de sus grandes influencias), terminan en el canasto de la basura, en las llamas de la chimenea, o en un cajón sin publicarse. De otro lado, si se conservan esas obras, y de esa manera es posible analizar los rastros que los precursores han dejado en la prosa del joven novelista, no siempre se conservan testimonios del autor o de sus allegados que iluminen el tipo de relación que padeció el autor con esas influencias durante su período de formación. El caso de García Márquez, en cambio, es excepcional por ambos lados. La crítica está de acuerdo en que, a pesar de los grandes méritos de sus libros de juventud, su primera novela realmente madura e innovadora, dotada de una dimensión monumental, es *Cien años de soledad*. Sin embargo, antes de escribir esa obra maestra, García Márquez había escrito y publicado tres hermosas novelas, una magnífica colección de cuentos e incontables artículos de prensa para diferentes diarios nacionales. Es decir, la prosa que produjo durante su período formativo no sólo fue afortunadamente extensa (lo cual permite realizar un estudio detenido de la evolución de sus influencias; ver cómo aparecían y desaparecían de su prosa, cómo irrumpían en su vida y eran sometidas al furioso proceso de la asimilación mediante la escritura), sino que, paralelamente, poseía la necesaria dosis de originalidad y de calidad literaria para que esos textos se publicaran y sobrevivieran como entes autónomos. Ciertamente, si esos cuentos, novelas y artículos no hubieran tenido el suficiente peso propio, es probable que el público jamás los hubiera conocido. De otro lado, disponer de este tesoro (un conjunto de prosa juvenil excepcionalmente rico en cantidad y calidad) no era todo: debido al indiscutible éxito del colombiano, el material bibliográfico que está al alcance del investigador es inagotable. La cantera de opiniones, confesiones, revelaciones, artículos, entrevistas, ensayos y estudios resulta interminable, y proporciona las luces restantes para respaldar y subrayar los múltiples hallazgos críticos.

En efecto, uno de los elementos que más me encarrilaron en la investigación, y que me ayudó a confirmar la naturaleza conflictiva de la relación maestro/aprendiz, fueron las declaraciones del mismo García Márquez acerca de sus influencias principales. En los momentos en que el joven escribía bajo el hechizo de un precursor específico, momentos en que su prosa traslucía las fecundas usurpaciones con absoluta claridad, sus artículos periodísticos y sus opiniones personales pasaban de la franca admiración a la reverencia y, en ocasiones, a la idolatría; sin embargo, a medida que esa influencia era sometida al fatigoso proceso de la asimilación, a la batalla por saquear lo que el precursor le podía ofrecer pero procurando mantener cierta distancia para que la peligrosa vecindad no anulara su individualidad, los artículos y los comentarios del aprendiz se hacían menos amables, más ásperos, más contradictorios, y la reverencia anterior daba paso a un aprecio más aterrizado, más ambiguo e, incluso, abiertamente crítico. Por último, cuando el precursor era definitivamente superado (es decir, vuelto inofensivo: digerido, aprovechado y *asimilado* gracias a la escritura desaforada del colombiano), su posición frente al gran autor que había marcado sus textos con hierros al rojo vivo, se caracterizaba por un desconcertante silencio: el desprecio total, o la negación rotunda como influencia relevante. Lo cual es comprensible. Esos silencios y esos comentarios ingratos son elocuentes: negar las presencias que más se notan en la prosa no obedece a que éstas no hayan existido o cumplido un papel determinante en el proceso de aprendizaje, sino todo lo contrario: el esfuerzo por despojarse de esas influencias es tan real, tan serio y apremiante, que la negación corresponde, coherentemente, al perentorio deseo del joven de quitarse la influencia de encima. "Por eso he dicho que mi problema no fue evitar a Faulkner", anotó García Márquez con respecto a su maestro norteamericano, "sino *destruirlo*".[4] En verdad, estas reacciones son naturales. Al enfrentarse a un gigante, el joven novelista, provisto de valor y

---

[4] Gabriel García Márquez y Plinio Apuleyo Mendoza, *El olor de la guayaba*, Editorial Bruguera, Barcelona, 1982, p. 67. El subrayado es mío.

entusiasmo pero sin armas efectivas, siente una extraña mezcla de temor y admiración; durante el combate a muerte, y mientras se revuelcan en la tierra de la creación literaria y forcejean con la mano del maestro aferrada a la garganta del aprendiz, su aprecio se confunde con el antagonismo y hasta con el odio; por último, al ver la monstruosa figura que por poco lo mata y que parecía invencible tendida en la tierra, sucia de polvo y sangre, su imagen lo llena de lástima, desdén o indiferencia. Es, en efecto, un desprecio, pero es un desprecio *significativo*. Y más significativo aún es que ese desprecio (la negación rotunda o el comentario punzante que evidencia el rencor) sólo lo ocasionan los auténticos precursores de García Márquez: Kafka, Faulkner y Hemingway; aquellos autores que dejaron las huellas más profundas y evidentes en la prosa del colombiano durante su largo período de formación. En cambio, las otras influencias que existieron en ese tiempo, y que fueron muchas, comparativamente cumplieron un papel menor, y su relativa intrascendencia se manifiesta en el hecho de que aquellas figuras nunca fueron víctimas de dardos rabiosos y, más bien, siempre recibieron palabras de admiración, gratitud y aprecio. Esto es, repito, comprensible: esas influencias marginales, por ejercer una presión menos fuerte y amenazadora sobre la tráquea del colombiano, nunca fueron combatidas y menos aún *destruidas*.

---

[5] La necesidad del joven de destruir sus mayores influencias es un fenómeno común en el gremio de los escritores. Los ejemplos abundan, pero tan sólo recordemos el caso particular de Ernest Hemingway quien, en su afán por deshacerse de la abrumadora sombra de su maestro más conocido, Sherwood Anderson, escribió *The Torrents of Spring* (1926), una novela

Lo cual significa que las influencias maltratadas, paradójicamente, son las importantes.[5]

De manera que, para ejemplificar la teoría de las zonas de influencia, el caso de García Márquez resultó inmejorable. Y tal como lo postula la teoría, los escritores a menudo se descubren como escritores a través de otros escritores. Es decir, a través de lecturas precisas. Son innumerables los casos en la historia de la literatura en los que ha ocurrido esta especie de toma de conciencia artística, el reconocimiento de una vocación latente delante de un libro en particular, como si el joven de pronto chocara con un espejo y contemplara, por primera vez, su rostro de autor en potencia. Sin embargo, quizás a pocos les ha sucedido de una manera tan clara y fulminante como a García Márquez cuando leyó *La metamorfosis* de Franz Kafka. Hasta ese momento, el joven de veinte años había leído de todo, pero ningún libro había arrestado su imaginación de tal forma que lo obligara a cambiar de vida y a dedicarse, desde ese instante y para siempre, a la literatura; no obstante, un día leyó la novela del checo, y

cáustica y venenosa, destructiva pero liberadora, en la que el aprendiz se mofaba del libro *Dark Laughter*, publicado por Anderson en 1925. Más aún, esta sátira fue provechosa en varios sentidos, pues le permitió al joven Hemingway independizarse del tutelaje de Anderson en su obra, y también deshacerse de su contrato con la editorial Boni and Liveright, la que él y Anderson compartían, con el fin de cambiarse a otra más prestigiosa: Scribner's. Años después, en uno de sus últimos textos, Hemingway reconocería que su novela había sido necesaria, pero en todo caso injusta y cruel con su maestro. Ver Ernest Hemingway, "The Art of the Short Story", en *New Critical Approaches to the Short Stories of Ernest Hemingway*, Jackson J. Benson, ed., Duke University Press, Durham and London, 1990, pp. 1-13.

quedó tan impresionado que no sólo se tuvo que recostar, sino que apenas logró sobreponerse al impacto se sentó y escribió su primer cuento: "La tercera resignación" (1947). Ahora, aquello que hace que un libro y no otro sacuda los cimientos de una persona escapa a la luz del crítico. Bien lo señaló Vargas Llosa: "Un libro se convierte en parte de la vida de una persona por una suma de razones que tienen que ver simultáneamente con el libro y con la persona".[6] En verdad, son muchos factores, tanto literarios como culturales y personales, los que hacen que un libro penetre al igual que un bisturí en las entrañas del aprendiz, tocando nervios que ningún otro había rozado antes, y apartando el velo de su corazón como ninguno lo había hecho en toda su vida.

En cualquier caso, Kafka fue la primera influencia predominante en la formación de García Márquez, y su presencia se mantuvo intacta durante varios textos ("Esas cosas que están en *Ojos de perro azul* y que son tan kafkianas", como luego lo reconocería el mismo autor).[7] No obstante, un tiempo después, con la estremecedora lectura de William Faulkner, la prosa del colombiano da un giro radical. Más aún, el cambio es tan claro y drástico que se aprecia, nítidamente, de un cuento al siguiente. Así, la famosa atmósfera onírica, el tema urbano con el fondo anónimo de la ciudad, el estilo frío y controlado, el lenguaje sencillo y directo, o sea, los conocidos préstamos del novelista checo, dieron lugar, por primera vez en la obra del joven García Márquez, a la aparición

---

[6] Mario Vargas Llosa, *La orgía perpetua*, p. 18.

[7] Juan Gustavo Cobo Borda, "Comadreo literario de 4 horas con Gabriel García Márquez", *Gaceta*, Instituto Colombiano de Cultura, Bogotá, vol. IV, número 35, 1981, p. 16.

del trópico, a la exuberancia del lenguaje, al ambiente polvoriento y caluroso del mundo rural, y a los motivos, giros y recursos reconocidamente faulknerianos. En ese momento, como si hubiera sido descabezado por el norteamericano, Kafka se evapora de la prosa de García Márquez (pero, claro está, y como ocurrirá a lo largo de todo su período de formación, se conservarán las enseñanzas y los elementos tomados del precursor anterior aunque, debido a su diestra asimilación, ya no parecerán ajenos, de otro, sino propios del colombiano) y Faulkner se adueña de su horizonte creativo.

Vale resaltar que mientras Kafka domina la atención de García Márquez, como luego lo hará Faulkner y posteriormente Hemingway, otras influencias (y no sólo literarias) cumplirán un papel importante en el desarrollo de su vocación literaria. Sin embargo, como anotamos más arriba, frente al tamaño y a la hondura de las huellas de estas tres figuras cardinales, al igual que cráteres enormes, estas influencias parecerán menores. Al imponerse en el escenario formativo del muchacho, cada precursor asume el semblante de un temible gigante literario: se apodera de su imaginación y es tal la seducción que ejerce sobre él, que amenaza con castrarlo y absorber su individualidad. La inmediata y contradictoria lucha que sigue, y que resulta tanto de utilización como de liberación, se prolonga hasta que el principiante asimila la influencia, y su prosa refleja entonces la evolución de la batalla. En esas páginas se evidencian las huellas del combate. Sus textos recuerdan un brumoso campo de guerra en donde yacen los rastros de los ejércitos enfrentados: un trozo de tela, un cañón destrozado, una fortaleza humeante, el hinchado cadáver de un caballo. Las demás influencias marginales, aun si el joven las considera determinantes, en comparación ocuparán lugares menos importantes, tal como lo atestigua la prosa creada. Por esa razón, autores como James Joyce, Virginia Woolf, Daniel Defoe, Albert Camus y Juan Rulfo (para sólo mencionar algunos), aunque valiosos y relevantes en la formación de García Márquez, y a pesar de que el mismo escritor los estime decisivos, dicientemente no parecen el déspota contra el cual él se subleva: en ningún momento son negados, injuriados, "destruidos", como sí sucede con las tres figuras principales. No marcan tan profundamente su escritura, y aunque enseñen, apasionen, deleiten, aporten técnicas e incluso afecten la evolución de su vocación literaria, no dejan indicios equiparables a los de sus verdaderos precursores. Los encuentros con Kafka, Faulkner y Hemingway parecen irrupciones de ciclones en la vida y obra del colombiano. En cambio, los encuentros con los demás escritores son tan plácidos como poco violentos, y más bien parecen saludados y despedidos con amabilidad, dejando recuerdos tristes o alegres, pero nunca perturbadores. En otras palabras, esas figuras no son enfrentadas en campos de guerra, sino en salones de sociedad.

De manera que, al Kafka cederle su lugar de maestro principal a Faulkner, la figura del norteamericano asume el puesto de mando y su sombra pesa sobre García Márquez de manera casi aplastante. La poderosa influencia se mantiene anclada en la bahía de su vocación durante la realización de varios textos, hasta el día en que el joven lee *El viejo y el mar*, de Ernest Hemingway. Entonces la prosa gira de nuevo: la exuberancia del lenguaje desaparece sometida a un riguroso proceso de limpieza, de depuración, de eliminación de adornos y adjetivos superfluos, característico del estilo del autor de *Los asesinos*, y en seguida brotan, por primera vez en la obra del colombiano, las famosas obsesiones de Hemingway: el heroísmo, la honestidad, y la perseverancia estoica y admirable de la persona sin recursos ante la prueba que tal vez la destruye pero que no la derrota. En efecto, es durante esta etapa de su formación narrativa que García Márquez escribe, entre otros textos, "La siesta del martes" y *El coronel no tiene quien le escriba*, es decir, los relatos más próximos a los temas y a las formas derivadas de Hemingway.[8] Así, al igual que sucedió antes con Kafka, Faulkner se "evapora" de la prosa garciamarquiana, como si su compatriota lo hubiera descabezado, pero también, como ocurre con Kafka, a la vez deja sembradas en la vocación del colombiano todas las enseñanzas que éste no sólo ha percibido y saqueado, sino *transformado* en suyas para que, desde ese momento, ya parecerán propias y formarán parte de su particular arsenal literario. Hemingway, entonces, entra a dominar la formación narrativa de García Márquez, y su poderosa influencia se extiende hasta el 2 de julio de 1961, día en que García Márquez arriba a México, y día en que Hemingway se dispara un escopetazo en la frente.[9]

---

[8] No sobra anotar que, en la tesis de grado mencionada, se enfatizaron las numerosas afinidades que existen, precisamente, entre *El viejo y el mar* y *El coronel no tiene quien le escriba*. Éstas no sólo se refieren a los protagonistas y a sus múltiples características (la soledad esencial, la paciencia, la vejez, la honradez, la inquebrantable dignidad), sino también al manejo del tiempo, los diálogos, la estructura de las novelas y su tema principal: la conducta heroica del hombre pobre y sencillo ante un desafío supremo. Ver *Las zonas de influencia*, Departamento de Literatura, Universidad Javeriana, Bogotá.

[9] Esa mañana Ernest Hemingway despertó temprano, como lo había hecho siempre, y no sólo por disciplina profesional sino porque sus párpados eran muy sensibles a la luz, y comprobó que su esposa, Mary Welsh, aún dormía. Era un día

Así es. Ese domingo inolvidable el norteamericano no sólo termina con su vida, sino que desaparece de la prosa del colombiano. Conmovido por la trágica muerte de su maestro, a la mañana siguiente García Márquez escribe un hermoso ensayo con sabor a despedida, y en el cual se siente todavía, pero mucho menos que en sus escritos inmediatamente anteriores, su robusta presencia.[10] Más aún: en el próximo texto que García Márquez producirá se percibirá, ante todo, la desconcertante ausencia de Hemingway.

No obstante, lo curioso es que no habrá "próximo texto". La prosa del colombiano se verá interrumpida, aplazada, y por poco resulta cancelada para siempre.

Se trata, ni más ni menos, del momento más crítico en la formación de García Márquez. A la vez, es el más fascinante. Durante sus años de aprendizaje, el escritor desarrolló un talento extraordinario como narrador, y

---

claro en Ketchum, Idaho, en el oeste de los Estados Unidos, y el escritor se levantó sin ruido de la cama. Se puso una bata escarlata y descendió a la sala. Pasó a la cocina, y buscó las llaves del sótano que Mary había escondido, porque allí tenían guardadas las armas de caza. Las encontró sobre el marco de la ventana. Bajó al sótano, abrió el armario, y tomó una escopeta Boss de dos cañones para matar palomas. Destapó una caja de municiones y sacó dos cartuchos. Cerró con cuidado la puerta del sótano, subió al salón, y se sentó en el vestíbulo. Al cabo de un rato, cargó el arma y asentó la culata sobre el suelo de baldozas. Se inclinó hacia adelante, apoyando la frente contra la boca de los cañones, y con los dedos buscó los gatillos. No sabemos cuánto tiempo permaneció así; sólo sabemos que Mary despertó con el estruendo.

[10] Gabriel García Márquez, "Un hombre ha muerto de muerte natural", en *Novedades,* México en la Cultura, México, 9 de julio de 1961.

gracias no sólo a ese talento sino a su fuerza, a su entrega y a su tenacidad como creador, también venció y superó a tres influencias cruciales, casi devastadoras. Sin embargo, al llegar a México, García Márquez se halla en una encrucijada: está tan maduro como autor que ya no soporta, sin anularse como artista, otra influencia del tamaño de las tres figuras anteriores, pero, al mismo tiempo, aún está lejos de vislumbrar su propia voz. Entonces queda mudo. Mudo durante cuatro años.[11] Ya se dijo: a lo largo de su proceso formativo, un factor determinante (aunque, claro está, no es el único) que lleva al joven a escribir y lo inspira a crear, es la apremiante necesidad de liberarse de sus abrumadoras influencias, y en efecto escribe porque, solamente creando, asimilando lo ajeno y volviéndolo suyo a través de la pluma, es que es posible realizar la perentoria emancipación. En cambio, al desaparecer la figura precursora, en gran parte también desaparece la urgencia y hasta la motivación para escribir. En el caso de García Márquez este dilema es más que evidente. Desde la famosa tarde de 1947, luego de la fulminante lectura de Kafka, el colombiano trabaja sin una sola interrupción de importancia, con disciplina y dedicación, enfrentando a sus precursores sin bajar la guardia; mientras aquéllos están presentes, desafiándolo, espoleándolo, retándolo, la escritura de García Márquez es constante, incesante, sujeta a las

---

[11] En esos cuatro años, el colombiano escribió un par de cuentos que traía de antes y que plasmó apenas llegó a México; también escribió guiones para cine, y trabajó en agencias de publicidad pero, como él mismo manifestó como requisito inmodificable: "A condición de no escribir en ellas". Así, en comparación con el trabajo desaforado de antes, éstos fueron años, ciertamente, de silencio creativo.

irrupciones y desapariciones de esas grandes presencias literarias, y refleja, simultáneamente, las señas y las huellas que aquéllas van dejando, de manera inocultable, en su prosa. No obstante, al evaporarse el último de los precursores, y ante la imposibilidad de que otro igual de colosal ocupe el puesto vacante a raíz de la madurez ya conquistada por el autor, se pierde aquella amenaza que lo estimula a producir, esa que lo jalona a crear para evitar su anulación como artista. El resultado es casi predecible: el silencio literario.

Aun así, el sorprendente paréntesis de cuatro años en la formación de García Márquez no significa estancamiento. En esos años difíciles el autor emprende un severo ajuste de cuentas, y reflexiona a fondo acerca de lo que ha logrado en sus libros anteriores y de lo que aún le falta por alcanzar. Más que parálisis, lo que se da es búsqueda, toma de conciencia, autocrítica, y aunque físicamente no produce nada de valor, en las corrientes profundas de su alma la actividad seguramente es frenética. Este período de mutismo demuestra que, con frecuencia, el silencio no es tanto la ausencia de sonidos, sino el vacío necesario para la creación de los sonidos propios. Y es en ese vacío que la voz personal del colombiano se fragua, madura y crece, hasta que un día estalla con la potencia de un volcán. Entonces aparece *Cien años de soledad* en su cabeza. Al iniciar unas vacaciones con su familia, de pronto García Márquez "ve" (el término es suyo) el primer párrafo de la novela en su mente; en seguida frena el automóvil, regresa a Ciudad de México, y se encierra a escribir su primera obra de madurez, colocándole, de paso, el punto final a su período de formación.

De manera que la relación que surge entre el escritor y sus influencias, como anotamos más arriba, es trascendental. Y la razón principal es que dicha relación es, ante todo, una batalla, un combate a muerte entre el aprendiz y el maestro, una lucha feroz en la cual se entrelazan la admiración y el temor, el aprovechamiento y el afán de liberación, el saqueo y el deseo de independencia. Más todavía: en esta contienda queda expuesta la verdadera médula del joven escritor, pues le muestra, y no sólo al mundo sino, muy especialmente, a sí mismo, si posee el coraje, la vocación y el valor requeridos para ser un auténtico creador. En efecto, la guerra con el precursor constituye el mayor reto y, a la vez, la mayor escuela de un novelista, pues en la misma aquél aprende que, para crear, no basta el talento. Es necesaria la fuerza. En eso estriba su prueba como artista: en la superación de las influencias más importantes y colosales de su formación. En realidad, para triunfar en ese combate sangriento, el narrador no sólo precisa talento, y talento de sobra para asimilar, escribiendo, aquellas influencias (virtud que probablemente tengan varios), sino disciplina, tenacidad, determinación y perseverancia, requisitos que, aun si no se aprecian a primera vista en la obra, resultan indispensables para su elaboración (y son atributos que probablemente tengan pocos). Por lo tanto, lo que este desafío artístico revela no es únicamente la destreza narrativa del escritor (su maestría técnica, su sensibilidad, su dominio del lenguaje y su control de la forma), sino aquella larga lista de cualidades paralelas, fundamentales para edificar una obra de arte, y que, en cierta ocasión, le enumeró el novelista argentino, Ernesto Sábato, a un joven que le pedía consejos para escribir:

> Es entonces cuando además del talento o del genio necesitarás de otros atributos espirituales: el coraje para decir tu verdad, la tenacidad

para seguir adelante, una curiosa mezcla de fe en lo que tenés que decir y de reiterado descreimiento en tus fuerzas, una combinación de modestia ante los gigantes y de arrogancia ante los imbéciles, una necesidad de afecto y una valentía para estar solo, para rehuir la tentación pero también el peligro de los grupitos, de las galerías de espejos. En esos instantes te ayudará el recuerdo de los que escribieron solos: en un barco, como Melville; en una selva, como Hemingway; en un pueblito, como Faulkner. Si estás dispuesto a sufrir, a desgarrarte, a soportar la mezquindad y la malevolencia, la incomprensión y la estupidez, el resentimiento y la infinita soledad, entonces sí, querido B., estás preparado para dar tu testimonio.[12]

En todo caso, lo relevante de esta investigación con respecto al libro que el lector o la lectora tiene entre manos, fue un hallazgo inesperado. Para establecer cuáles eran los recursos, los temas y las técnicas que las principales influencias le habían transmitido a García Márquez, yo tenía que conocer no sólo toda la obra de nuestro Premio Nobel, sino también la producción completa de esas tres grandes figuras literarias. Por fortuna, años atrás, yo había tenido que leer prácticamente todo lo que había escrito Kafka, y desde mucho antes me sabía víctima de una poderosa atracción por la obra entera de William Faulkner. A Hemingway lo había leído bastante, pero menos que a los otros novelistas, y la tesis

---

[12] Ernesto Sábato, *Abaddón el exterminador*, Editorial Seix Barral, Biblioteca Breve, Barcelona, 1974, pp. 113-114.

me proporcionó un excelente pretexto para internarme en su prosa con un placer y un deleite que yo no había sentido por autor alguno desde hacía mucho tiempo. Fue entonces cuando, casualmente, tropecé con una serie de narraciones cortas que yo desconocía, y que el norteamericano había denominado *sketches*. O sea, bocetos. Estos son los textos que he rebautizado "Epífanos".

La verdadera historia

Y aquí, como alguna vez escribió Vargas Llosa, empieza de verdad mi historia.

El recuerdo es inolvidable: recluido en una hacienda en las afueras de Bogotá, estudiando en una casona que parecía incrustada en un nicho de las montañas que se alzan inesperadamente de la sabana y trazan un perfil de dragón dormido en las tinieblas. Estaba leyendo solo en la biblioteca, escuchando los susurros de los perros tendidos a mis pies, la chimenea que aún crepitaba, y la lluvia que burbujeaba sobre el tejado de la casa. Era tarde en la noche, y llevaba horas comparando el trabajo de García Márquez con el de Hemingway, analizando, en particular, los paralelos que existen entre los cuentos "La siesta del martes" y "A Canary For One" (cuyos primeros párrafos, por cierto, son casi idénticos); estaba cansado, y para reposar un poco me puse a hacer algo que siempre hago cuando me encuentro saturado de estudiar o simplemente bloqueado: abro las páginas de un libro predilecto, y busco las frases más hermosas y releo las partes que más me gustan para recobrar el gusto por la literatura. Este recurso casi nunca me falla, y por lo general redescubro ánimos frescos para lanzarme al ruedo y ensayar la escritura una vez más. En esta ocasión, justamente para no emerger del todo de las aguas de la materia, continué hojeando el libro que tenía en mis manos, *The Short Stories of Ernest Hemingway*,[13] interesado no tanto en analizar como en saborear las imágenes que más me habían deslumbrado por su maestría, por su poderosa sencillez, por su veracidad. De pronto, me detuve en uno de los textos cortos que, curiosamente, aparecen intercalados entre los cuentos y que hasta ese momento yo no había leído. Quedé impactado.

No era un cuento, sino una especie de relato breve, conciso y apretado, sorprendentemente cargado de intensidad a pesar de su tamaño, y, al ser leído, parecía rebosar en la mente, generando un efecto estético singular. Naturalmente, no era la primera vez que yo leía un texto corto en prosa. Por el contrario, desde que recuerdo me han atraído de manera especial los fragmentos, las narraciones breves y los minicuentos, y si tuviera que evocar a los autores que más me han seducido en el arte del relato corto, tendría que mencionar, al azar y rápidamente, a Charles Dickens, Oscar Wilde, Charles Baudelaire, Franz Kafka, Yasunari Kawabata, Isak Dinesen, Joyce Carol Oates y, en América Latina, a Jorge Luis Borges, Julio Cortázar, Octavio Paz, Guillermo Cabrera Infante, Álvaro Mutis, Augusto Monterroso y Julio Ramón Ribeyro. No obstante, el texto de Hemingway que acababa de concluir era distinto: jamás había leído algo semejante. Algo lo diferenciaba, y aunque su rasgo

---

[13] Ernest Hemingway, *The Short Stories of Ernest Hemingway*, Charles Scribner's Sons, New York, 1966, 499 páginas. En español recomiendo la siguiente traducción: *Ernest Hemingway: obra completa en cuatro tomos*, Editorial Seix Barral, Barcelona, 1986-1987.

fundamental era evidente, o sea, el hecho notorio de que *no* era un cuento, se me escapaba el aspecto o el conjunto de aspectos que lo distinguía. En seguida, leí cada uno de esos textos titulados *Chapters* y que separan los cuentos desde "On the Quai at Smyrna" hasta "The Undefeated" (16 en total), y en todos, aunque en unos más que en otros, experimenté la misma sensación de síntesis, de contundencia, de presión contenida y limpieza, como si el autor hubiera despojado todo elemento superfluo para que un instante o un suceso específico quedara congelado en el papel, chispeando con la belleza y la dureza de una joya recién pulida. Pero, ¿qué eran estas miniaturas en prosa? Al concluir mi tesis universitaria, me aventuré a responder esta pregunta.

A comienzos de los años veinte, Ernest Hemingway se encontraba viviendo en París. Se había casado a los 22 años con Elizabeth Hadley Richardson en Horton Bay, Michigan, el 3 de septiembre de 1921, y en los primeros días de diciembre la pareja se había embarcado en el transatlántico francés *Leopoldina*, rumbo a Europa. Apenas se casó, Hemingway pensó en marcharse con su esposa a Italia, pero su amigo y maestro, el novelista Sherwood Anderson, les aconsejó que más bien partieran hacia París, ofreciéndoles cartas de presentación para Ezra Pound y Gertrude Stein, y argumentando, con sobrada razón, que por encima de cualquier otra ciudad del mundo, en ese entonces la capital de Francia era el lugar indicado para un joven escritor.

Y lo fue. Para Hemingway, París representaba una ciudad antigua y a la vez moderna: cargada de cultura y preñada de historia, pero también intensa, activa, efervescente de creatividad artística, y en la cual vivían los intelectuales más sobresalientes de la época. Al mismo tiempo, la capital francesa era barata y cosmopolita, y no sólo ofrecía riqueza cultural en abundancia y de fácil acceso —con las obras más audaces y vanguardistas del momento al alcance de la mano—, sino también brindaba la libertad necesaria para vivir como se deseaba, y le proporcionaba la oportunidad a un muchacho como Hemingway para dedicarse, por primera vez en toda su vida y en forma exclusiva, a lo que más le interesaba: escribir. Sin duda, fueron años difíciles (de estrechez económica: los únicos ingresos de la pareja provenían de los ahorros de Hadley y de los artículos que el escritor le enviaba al periódico canadiense *Toronto Star*) pero a la vez maravillosos, y al final de su vida Hemingway los evocaría con nostalgia y ternura en su hermoso libro, *A Moveable Feast*, publicado en 1964, tres años después de su muerte.

Sin embargo, lo importante de este período en la vida de Hemingway era la obsesión que lo atormentaba sin tregua: *aprender a escribir*. Insatisfecho con los relatos que él había completado hasta el momento, Hemingway quería "escribir en serio", y, para hacerlo, él sabía que aún le faltaba desarrollar un estilo moderno, limpio y ágil, desprovisto de adornos y descripciones innecesarias, y que se ajustara a sus exigencias estéticas y literarias. Su interés principal, semejante a una búsqueda insaciable, giraba en torno a la acción, y, más que a la acción, *a la emoción producida por la acción*. Ahí estaba el reto: escribir de tal forma que el lector presenciara, más que un texto o una narración o una suma de palabras, un suceso verdadero en el instante preciso de su acontecer, pues sólo así podría experimentar, por sí mismo y a su manera, el terror, la tristeza, la sensualidad o el asombro que ese suceso específico podía generar.[14] Adicionalmen-

---

[14] La astucia de la escritura, pensaba Hemingway, radicaba en su transparencia, en su discreción, en no desviar la

te, lo escrito tenía que sortear con éxito la implacable prueba del tiempo, pues la sensación desprendida de las frases tendría que ser la misma en diez, veinte o cien años. Hemingway sabía, y así lo señaló varias veces (como veremos un poco más adelante), que cualquier acontecimiento de la actualidad —siempre y cuando esté decentemente redactado— puede despertar en el lector una mínima emoción gracias a su proximidad temporal, y escribir para producir ese efecto hoy, como lo hace un buen reportero, no es tan difícil. Pero escribir un texto, en cambio, que perdure en el tiempo y que parezca nuevo, fresco, reluciente e inmarchitable meses o años después del hecho, suceso o evento que lo inspiró, es un propósito bastante más exigente. Por lo tanto, el objetivo de Hemingway no consistía solamente en

---

atención del lector hacia las palabras mismas. En la carta que el autor le escribe a Edward J. O'Brien (París, 12 de septiembre de 1924) le explica: "What I've been doing is trying to do country so you don't remember the words after you read it but actually have the Country." ["Lo que he estado haciendo es tratar de lograr el campo para que no te acuerdes de las palabras después de leerlo sino que de veras tengas el Campo".] Y en la carta que le envía a su padre desde París, el 20 de marzo de 1925, reafirma su intención: "You see I'm trying in all my stories to get the feeling of the actual life across —not to just depict life —or criticize it— but to actually make it alive. So that when you read something by me you actually experience the thing." ["Como ves en todos mis cuentos procuro comunicar la auténtica sensación de la vida misma —no sólo describir la vida —o criticarla— sino hacer que realmente viva. Así cuando lees algo mío en realidad experimentas el hecho".] Citas tomadas de Carlos Baker ed., *Ernest Hemingway: Selected Letters, 1917-1961*, Charles Scribner's Sons, New York, 1981, pp. 123 y 153.

contar una historia, sino alcanzar una meta mucho más compleja y ambiciosa: recrear el dinamismo, la plasticidad y la energía de la vida misma. Una aspiración loable, ciertamente, pero, ¿cómo lograrla? ¿Cómo reproducir, en prosa, la vida en movimiento y detenerla de tal manera que se preservara en su inmovilidad, que se conservara su frescura a pesar de su quietud, y que el momento arrestado quedara titilando en el papel, intenso y brillante, para siempre?

La respuesta, buscada sin sosiego, parecía eludir al joven escritor. Entre otras cosas, porque no era un simple problema de transcribir los hechos reales y su fluencia. Desde entonces Hemingway tenía claro que el artista no se puede limitar a copiar la realidad. Si en eso radicara su trabajo, razonaba el aprendiz con lucidez, el resultado no tendría nada de creativo y su aporte consistiría, apenas, en agregar más de lo que ya existe, convirtiendo la obra de arte en una pieza fútil y redundante, siempre inferior a la versión original de la realidad. Además, cuando un escritor se limita a esa meta trivial, es decir, cuando simplemente reproduce los hechos concretos y su transcurso, el resultado es siempre chato, plano, banal, e inevitablemente suena acartonado, falso y, peor todavía (increíble paradoja), *inverosímil*. La función del artista, por lo tanto, es más difícil y meritoria: de un lado, debe crear algo esencialmente nuevo, y, de otro, debe *transformar* lo sucedido a través de la escritura para producir una sensación de verosimilitud que, quizás en comparación con la realidad concreta, resulte equívoca, inexacta y hasta falsa, pero, gracias a la forma, a las palabras empleadas, a las imágenes trazadas y a los detalles rescatados, seduzca por su magia y comunique una persuasiva *ilusión* de realidad, ilusión que, a menudo, los hechos palpables y su relato directo no logran comunicar (en literatura, como muchas veces sucede en la vida, la apariencia es más importante que la realidad).[15] Obviamente, el norteamericano ignoraba que la prosa que saldría de esos años de trabajo sería una de las más revolucionarias e influyentes del siglo xx. Años después, Hemingway recordaría la búsqueda estética que lo acosaba en aquella primavera de 1922 en los siguientes términos:

> I was trying to write then and I found the greatest difficulty, aside from knowing truly what you really felt, rather than what you were supposed to feel, and had been taught to feel, was to put down what really happened in action; what the actual things were which produced the emotion that you experienced. In writing for a newspaper you told what happened and, with one trick and another, you communicated the emotion aided by the element of timeliness which gives a certain emotion to any account of something that has happened on that day; but the real thing, the sequence of motion and fact which made the emotion and which would be as valid in a year or in ten years or, with luck and if you stated it purely enough,

---

[15] Quizás lo que mejor ilustra esta dificultad y esta paradoja es la elaboración de un diálogo. La transcripción literal y textual de una conversación casi siempre carece de gracia, emoción y pulsaciones (en una palabra: vida). En cambio, un diálogo diestramente escrito (como eran, famosamente, los de Hemingway) seduce por su vitalidad y autenticidad, aunque nunca haya tomado lugar en el mundo real.

always, was beyond me and I was working very
hard to try to get it.[16]

De esa inquietud, nacieron los bocetos.

Hemingway los comenzó en 1922,[17] y los concibió
como textos autónomos y válidos en sí mismos, estéti-
camente logrados, y, por lo tanto, dignos de ser publicados. Es decir, en ningún momento fueron elaborados
como piezas desechables, fragmentos de aprendizaje,
borradores prescindibles o simples escritos de trabajo
realizados por y para el autor, que cumplieran una tarea
privada de autodidacta y desprovistos de la intención

---

[16] "Yo estaba tratando de escribir en ese entonces y encontré que la mayor dificultad, aparte de saber de verdad lo
que uno realmente siente, más que lo que uno debería sentir,
y le han enseñado a sentir, era anotar lo que realmente sucedía
en la acción; aquellas cosas que en efecto producían la emoción que uno experimentaba. Al escribir para un periódico
uno cuenta lo que ha pasado y, por medio de un truco u otro,
se comunica la emoción [al lector] ayudado por el elemento de
la inmediatez que le confiere cierta emoción a cualquier relato
de algo ocurrido en ese día; pero la cosa real, la secuencia de
movimientos y hechos que producían la emoción y que sería
igual de valedera en un año o en diez años o, con suerte y si
uno lo expresa con la suficiente pureza, para siempre, estaba
más allá de mi alcance y yo estaba trabajando muy duro
para alcanzarlo". Ernest Hemingway, *Death in the Afternoon*,
Scribner's Macmillan Publishing Company, Hudson River
Editions, New York, 1932, p. 2.

[17] No deja de ser sorprendente que, cuando Hemingway
comienza a escribir sus epífanos, aquél sería el mismo año de
la publicación del *Ulysses* de Joyce, de *The Waste Land* de T. S.
Eliot, y de la muerte de Marcel Proust. Un año trascendental
para las letras modernas.

literaria y de la calidad necesaria para sobrevivir como textos independientes.[18]

Hemingway, incluso, no fue el único en advertir la soberanía estética de estas miniaturas. Su amigo, el editor William (Bill) Bird, a quien había conocido en Génova durante un viaje de trabajo, cuando ambos fueron contratados como reporteros de sus diarios para cubrir la Conferencia Económica de 1922, quedó tan

---

[18] En ese sentido, varios críticos, algunos tan respetables como Philip Young, se han equivocado al juzgar estos textos como meros ejercicios de estilo, "self-set exercises" (ver Philip Young, *Ernest Hemingway: A Reconsideration*, Pennsylvania State University Press, Pennsylvania, 1966, p. 180). Si así fuera, es improbable que un autor como Hemingway, dotado de una integridad artística insobornable, hubiera pensado en publicar esos textos en un libro exclusivo; incluso, aquellos textos que el autor sí trabajó como simples ejercicios de estilo, en efecto terminaron en el canasto de la basura o en baúles polvorientos, pues, a su juicio, ésos no tenían la calidad requerida para soportar la publicación. De otro lado, es cierto que años más tarde, en su correspondencia, Hemingway afirmaría que los bocetos habían sido escritos, originalmente, para que aparecieran intercalados como *Chapters* entre los relatos de su libro de cuentos, y nada más. No obstante, el hecho de que el autor se decidiera no sólo a *escribir* sino a *publicar* los bocetos por separado, y años antes de haber *concebido* esos cuentos, sugiere que esas declaraciones posteriores eran más una justificación para volver a publicar las miniaturas e incluirlas en el nuevo libro de cuentos, que una descripción fehaciente de su génesis o de su razón de ser. Para conocer ejemplos de esa argumentación posterior, ver las cartas a Edward J. O'Brien (París, 12 de septiembre de 1924), a Edmund Wilson (París, 18 de octubre de 1924), y a Ernest Walsh (Schruns, 9 de marzo de 1925), en Carlos Baker, ed., *Ernest Hemingway: Selected Letters, 1917-1961*, pp. 123, 128 y 152.

impresionado por la novedad y por la fuerza de estas breves narraciones, a las que también empezaron a llamar *vignettes* (viñetas), que se ofreció a publicarlas si Hemingway reunía el número suficiente para componer un pequeño volumen de prosa corta. Entusiasmado, el joven escritor se puso a la tarea, y trabajó cada *sketch* con el cuidado y la paciencia de un orfebre.

Más aún, un hecho que demuestra no sólo el buen concepto que tenía el autor de sus textos, sino también su confianza en la calidad artística de los mismos y en su dimensión innovadora, es el siguiente. Cuando Bill Bird anunció que su editorial, Three Mountains Press, ubicada en el 29 Quai d' Anjou de la isla San Luis, en pleno corazón de París, iba a publicar los bocetos de Hemingway, el prestigioso poeta Ezra Pound se ofreció para hacer el trabajo de editor. Y no sólo eso, les dijo. ¿Por qué no emprendían un proyecto más ambicioso todavía, uno que les permitiera explorar el estado de salud de la mejor prosa escrita en ese momento en su lengua? De esa iniciativa nació el famoso "Inquest" de Pound: su histórica investigación de la prosa contemporánea anglosajona, y para ello seleccionó a varios de los autores más importantes de su tiempo: William Carlos Williams, T. S. Eliot, Ford Madox Ford, Wyndham Lewis, el mismo Pound y Ernest Hemingway. Es evidente que para cualquier escritor formar parte de ese grupo estelar de autores, y participar en ese valioso proyecto editorial, representaba un honor y un privilegio, y por eso cada uno sometió lo mejor de su pluma para la edición de Pound. El aporte de Hemingway (el más joven del equipo) sería esta colección de bocetos, y ese hecho, más que cualquier otro, confirma el valor que tenían los *sketches* para el escritor, y cuánto consideraba que eran piezas soberanas, acabadas, merecedoras de salir a la luz pública, y dignas de figurar al lado del trabajo de sus maestros.

Así, poco a poco, mientras escribía en los cafés de París o en el cuartucho del último piso de un hotelito ubicado en el número 39 Rue Descartes, el que Hemingway había alquilado por sesenta francos al mes (unos cinco dólares de la época), y que tenía la particularidad de ser el lugar donde el poeta Paul Verlaine había fallecido en 1896, los primeros bocetos fueron surgiendo y madurando hasta quedar finalmente terminados. Ansioso por confirmar su validez y deseoso de conocer el impacto que los mismos producirían, el escritor se los mostró a la gente que más admiraba, empezando con su amiga y crítica más severa, la célebre novelista Gertrude Stein, quien vivía desde hacía años con su compañera sentimental, Alice B. Toklas.. De modo que se los llevó a su apartamento en el 27 Rue de Fleurus, y la influyente autora quedó favorablemente impresionada con aquel "experimento".[19] Habiendo pasado esa dura prueba inicial, así como la de Pound, a quien Hemingway consideraba uno de sus principales tutores del oficio,[20] ya

---

[19] Michael Reynolds, *Hemingway: The Paris Years*, W. W. Norton & Company, New York, 1989, p. 118. El que Hemingway le haya mostrado los bocetos a quienes le habían servido de mentores y consejeros es una prueba más de que éstos no eran simples borradores, ejercicios de estilo o textos privados de aprendizaje, sino piezas limpias y perfectamente terminadas.

[20] No hay que olvidar que Pound, aparte de su propia obra aplaudida, había sido el secretario privado de uno de los poetas más importantes del siglo xx, el irlandés William Butler Yeats, Premio Nobel de Literatura de 1923. Además, como dice Michael Reynolds: "Besides helping Hemingway into print, Pound's greater service was in Hemingway's literary

era hora de presentar los *sketches* en público. Entonces el autor envió los primeros seis a la revista *Little Review* (1914-1929), en donde efectivamente aparecieron publicados en el número "Exiles" de abril de 1923. Como era previsible, por tratarse de un escritor joven y desconocido, las miniaturas no llamaron la atención del público en general, pero en cambio sí despertaron el interés y el entusiasmo del famoso crítico norteamericano Edmund Wilson, quien no vaciló en elogiarlas y en declarar que el autor de las mismas representaba una auténtica promesa literaria. "Me inclino a pensar", escribió el respetado crítico, "que este pequeño libro tiene más integridad artística que cualquier otro escrito por un americano acerca del período de la guerra".[21] Animado por el reconocimiento

---

education, particularly his reading... Reading *The Waste Land* with Ezra Pound at one's elbow is no bad way to pick up a thing or two." ["Además de ayudarle a Hemingway a ser publicado, el mayor servicio de Pound fue en la educación literaria de Hemingway, en particular sus lecturas... Leer *The Waste Land* con Ezra Pound al lado no es una mala forma de aprender una que otra cosa".] Michael Reynolds, *Hemingway: The Paris Years*, p. 28. Y como remata Jackson J. Benson: "Ezra Pound's friendship and tutelage were even more valuable, for Pound not only helped with the advancement of the writing, but helped the writer advance." Jackson J. Benson, "Ernest Hemingway as Short Story Writer", en *The Short Stories of Ernest Hemingway: Critical Essays*, Jackson E. Benson, ed., Duke University Press, Durham, North Carolina, 1975, p. 305.

[21] ["I am inclined to think that this little book has more artistic integrity than any other that has been written by an American about the period of the war."] Edmund Wilson, "Dial", octubre de 1924, en *Hemingway: The Critical Heritage*, Jeffrey Meyers, ed., Routledge & Kegan Paul, London, 1982, p. 64.

de Wilson, Hemingway escribió varios bocetos adicionales hasta que completó el número requerido para la editorial de Bird, y en marzo de 1924 el librito salió a la venta bajo el título *in our time*. En esa ocasión, los bocetos eran 18, y el volumen de 32 páginas alcanzó un reducido tiraje de 170 ejemplares.[22] Más adelante, con la idea de reunir en un solo libro sus ficciones más importantes, Hemingway preparó otro volumen de prosa que constaba de diez cuentos inéditos en libro (aunque varios ya impresos en revistas), dos de los tres relatos de *Three Stories and Ten Poems* (su primera obra, publicada en París en 1923), y no 18 sino 16 miniaturas, las mismas que hoy encontramos en el libro de cuentos completos (e intercaladas, desde entonces, entre los relatos).[23] Ese volumen finalmente apareció en Nueva York, el 5 de

---

[22] En octubre de 1991, tuve la oportunidad de ver uno de esos ejemplares, el cual se encuentra en la biblioteca pública de la ciudad de Nueva York. En la cubierta, sobre un *collage* de recortes de papel periódico color café, y centrado en letras negras, se lee: "in our time/ by/ ernest hemingway/ paris/ three mountains press/ 1924"; en la primera página hay una dedicatoria en tinta: "For Lee Samuels from his friend Ernest Hemingway", y, debajo de un grabado del autor (realizado por Henry Strater), leemos: "for sale at shakespeare & company in rue de l' odéon/ of 170 copies this is number 60." Debido a que este libro formó parte del mencionado proyecto de Pound, al final aparece el siguiente texto: "Here ends *The Inquest* into the state of contemporary English prose, as edited by Ezra Pound and printed in the Three Mountains Press. The six works in the series are: *Indiscretions* by Ezra Pound, *Women and Men* by Ford Madox Ford, *Elimus* by B. C. Windeler, *The Great American Novel* by William Carlos Williams, *England* by B. M. G. Adams, and *in our time* by Ernest Hemingway."

[23] Como anota Carlos Baker en su estudio crítico de la obra de Hemingway, para ese nuevo libro dos de las miniaturas

octubre de 1925, publicado por la editorial Boni and Liveright, y con el mismo título del libro de Bird pero ahora con las primeras letras en mayúsculas: *In Our Time*. Para entonces, estas prosas cortas ya habían obtenido un reconocimiento más amplio y las críticas se habían escuchado claramente a su favor. Incluso Marjorie Reid, la brillante asistente de Ford Madox Ford, escribió una reseña para la revista *transatlantic review* (en el número del 1 de abril de 1924, el cual hizo historia literaria, entre otras razones, porque contenía fragmentos inéditos de *The Making of Americans*, de Gertrude Stein, y de *Finnegans Wake*, de James Joyce), en la que señalaba,

---

originales fueron "elevadas al status de *short stories*", una titulada "A Very Short Story", y la otra "The Revolutionist" (ver Carlos Baker, *Hemingway: The Writer as Artist*, Princeton University Press, Princeton, New Jersey, 1973, p. 410). Este cambio confirma una de las tesis principales del presente libro: que el boceto (o epífano) es una alternativa en prosa autónoma y, sobre todo, *distinta* del cuento. De otro lado, refleja las diferencias formales que para el mismo Hemingway existían entre un *sketch* (boceto) y un *short story* (cuento corto); en efecto, si aquellos textos nacieron como epífanos, tras un estudio más detenido el autor consideró que dos de ellos en realidad eran cuentos. Y así los dejó. Como veremos, a pesar de que Hemingway jamás se interesó en teorizar al respecto ni en promulgar a categoría artística su hallazgo formal, estaba convencido de que él había descubierto una opción inédita para escribir en prosa, y que no sólo se diferenciaba, esencialmente, de las formas existentes (fragmento, cuento, novela o *nouvelle*), sino que poseía tanta dignidad y validez como cualquier otra. Ver también la carta de Hemingway a Maxwell Perkins, escrita desde Key West el 12 de julio de 1938, para conocer las diferencias formales que el autor percibía entre el epífano y el cuento corto, en Carlos Baker ed., *Ernest Hemingway: Selected Letters, 1917-1961*, pp. 469-470.

con penetrante lucidez, que los *sketches* de Hemingway "recogían aquellos momentos en los que la vida es condensada y clara y significativa", y que lo había logrado a través de "minúsculas narraciones que eliminaban toda palabra inútil". Al final concluía: "Cada relato es bastante más largo que la medida de sus líneas".[24]

No obstante, aún no hemos respondido las dos preguntas más importantes: ¿cuáles eran las razones prácticas para que Hemingway escribiera estos textos, y cuál era su intención más profunda, filosófica y subterránea, que de veras lo animaba? Tal como se anotó más arriba, lo que el norteamericano buscaba, por encima de todo, era aprender a escribir, y las miniaturas no sólo eran literatura de calidad que se podía publicar, sino que, paralelamente, debido a sus requisitos de síntesis, contundencia y limpieza, las mismas proporcionaban una escuela propicia y fecunda, una severa y exigente iniciación en los secretos de la creación literaria. Sin embargo, la meta principal de los epífanos era otra más compleja y trascendental: *rescatar, para el ámbito de la literatura, un espacio de lo humano inaprensible hasta entonces mediante las formas existentes en prosa*. Esta función superior la había intuido Hemingway en los primeros meses de 1922, cuando comenzó a "diseñar miniaturas en movimiento que debían detonar como pequeñas granadas en el interior de la cabeza del lector".[25] Sin embargo, a lo mejor una experiencia posterior

---

[24] Carlos Baker, *Hemingway: The Writer as Artist*, p. 24. El nombre de la revista, *transatlantic review*, se escribía sin mayúsculas en un homenaje que Ford, su director, le rendía a uno de sus poetas predilectos, e. e. cummings.

[25] Carlos Baker, *Ernest Hemingway: A Life Story*, Avon Books, New York, 1980, p. 141.

sería la que iluminaría, con mayor precisión, el sentido y la función de estos textos cortos.

Durante una novillada en uno de los calurosos veranos de Madrid, Ernest Hemingway presenció la violenta cornada del vasco Domingo Hernandorena. Asustado e incapaz de ocultar el nerviosismo de sus pies, el novillero citó al animal de rodillas, pero cuando el toro embistió se equivocó en el manejo de la muleta y no lo pudo desviar de su cuerpo, entonces el toro le hundió el cuerno en el muslo con la fuerza de una locomotora y lo levantó por los aires como un muñeco de trapo y lo arrojó al suelo. En medio de los gritos de los peones y del confuso remolino del quite, Hernandorena se incorporó con el rostro pálido untado de arena, buscó su espada y su muleta, y sólo en ese instante advirtió la herida: la carne abierta del muslo dejaba al descubierto el hueso desde la cintura hasta casi la rodilla. Hemingway quedó impresionado por lo que había visto, y durante un tiempo no se pudo quitar la imagen de la cabeza, aunque no entendía por qué; el escritor llevaba años asistiendo a las corridas de toros y había presenciado numerosas cornadas, algunas, por cierto, mucho más sangrientas y terribles que la de Hernandorena. Sin embargo, ésta parecía obsesionarle. Interesado en averiguar la causa de su propia impresión, Hemingway repasó la escena en su memoria una y otra vez, hasta que por fin dio con aquello que la singularizaba.

For myself... the problem was one of depiction and waking in the night I tried to remember what it was that seemed just out of my remembering and *that was the thing that I had really seen* and, finally, remembering all around it, I got it. When he stood up, his face white and dirty and the silk of his breeches opened from waist to knee, it was the dirtiness of the rented breeches, the dirtiness of his slit underwear and the clean, clean, unbearably clean whiteness of the thigh bone that I had seen, *and it was that which was important.*[26]

Es decir, el detalle. Cuando Hernandorena se levantó del suelo, y antes de que torpemente procurara tapar la herida con sus manos para detener la sangre u ocultar el hueso, Hemingway vio, con absoluta nitidez, un estremecedor contraste de colores: la arena sucia, el alquilado traje de luces manchado de sangre, y la blancura inverosímil del hueso desnudo. Ese detalle visual era lo que hacía que esta cogida fuera distinta de las demás, lo que la hacía especial, irrepetible y, por lo tanto, significativa. Ese detalle, como indicó el autor, *era lo importante.*[27]

---

[26] "Para mí... el problema que se me planteaba era el de la descripción de lo sucedido y al despertar en la noche traté de recordar lo que parecía más allá del alcance de mi memoria pues *aquello era la cosa que yo realmente había visto* y, finalmente, recordando todo en torno suyo, acabé por encontrarlo. Cuando él se levantó, su rostro blanco y sucio y la seda de su taleguilla [el pantalón del torero] abierta de la cintura a la rodilla, había sido la suciedad de su taleguilla arrendada, la suciedad de sus calzones rasgados y la limpia, limpia, insoportablemente limpia blancura del fémur lo que yo había visto, *y eso era lo importante*".] Ernest Hemingway, *Death in the Afternoon*, p. 20. Los subrayados son míos.

[27] Vale anotar que la crítica en general ha resaltado la importancia de los detalles en la obra de Hemingway y ha celebrado su maestría para detectarlos y retratarlos en su prosa.

¿Por qué? Tal como se desprende de su correspondencia, de sus artículos, de sus cuentos y novelas, Hemingway estaba convencido de que, a lo largo de la vida, ocurren pequeñas explosiones, instantes o acontecimientos singulares que, en medio de su fugacidad y a raíz de una inesperada combinación de detalles particulares, logran resaltar, con claridad privilegiada, rasgos sobresalientes de la condición humana. Esta idea fue una que maduró durante sus años de formación en Francia, pero la verdad es que la traía de antes. Como afirma Michael Reynolds: "París tenía mucho que enseñarle al joven escritor, pero no cómo observar el detalle. Él llegó con esa destreza agudamente afilada".[28] De igual manera, el escritor también creía que la verdadera esencia de un individuo por lo general se transparenta, más que en la lenta acumulación de los años, en el transcurso de segundos límites que muestran, sin trampas, máscaras o engaños —debido a su vertiginosa inmediatez—, la médula de su carácter.[29] De ahí la fascinación del autor

---

[28] ["París had much to teach the young writer, but not how to observe detail. He arrived with that skill sharply honed."] Michael Reynolds, *Hemingway: The Paris Years*, pp. 8-9.

[29] Es posible que la influencia de Ezra Pound hubiera moldeado, en parte, la fascinación de Hemingway por el instante significativo. En su ensayo "A Retrospect", publicado en 1918, Pound subraya la importancia de la imagen en literatura y anota: "An image is that which presents an intellectual and emotional complex in an instant of time." ["Una imagen es aquello que presenta un complejo intelectual y emocional en un instante de tiempo".]. Ver Joseph M. Flora, *Ernest Hemingway: A Study of Short Fiction*, Twayne Publishers, Boston, 1989, p. 4. Casi todos los críticos han subrayado la fijación de Hemingway por la supremacía del instante revelador, entre

por el instante culminante de la corrida, *the moment of truth* (el momento de la verdad), o sea, el segundo cuando el matador le da muerte al animal pero no de cualquier manera, sino dentro de las reglas establecidas, clavando la espada justo en medio de los hombros del toro y hundiéndola hasta el puño, pues ese espacio está protegido por los cuernos y sólo se expone si el matador domina a la bestia y si se acerca lo suficiente para pasar, fugazmente, sobre la órbita de sus pitones. Ese contacto, fatal y dramático, no admite trampas ni atajos, y cualquier error, descuido o truco, se paga en sangre y aflora sin remedio, revelando ante la plaza y ante el propio matador su auténtico temple.[30] Así, esos

---

ellos Tony Tanner: "Hemingway's practice of unravelling the instant, of hugging the details of a sequence with his whole attention, is not merely the developed habit of a graphic news reporter... it is a reflection of his faith in the ultimate veracity of the attuned and operating senses and the unsurpassable value of the registered 'now'... A moment is a whole world: this is why Hemingway explores its geography with such delicate care." ["La práctica de Hemingway de desenredar el instante, de abrazar los detalles de una secuencia con toda su atención, no es el mero hábito de un reportero gráfico... es el reflejo de su fe en la última veracidad de los sentidos afinados y operativos, y en el valor insuperable del registrado 'ahora'... Un momento es un mundo entero: es por eso que Hemingway explora su geografía con tanto cuidado".] Tony Tanner, "Ernest Hemingway's Unhurried Sensations", en Joseph M. Flora, *Ernest Hemingway: A Study of Short Fiction*, p. 152.

[30] En palabras de Hemingway: "The beauty of the moment of killing is that flash when man and bull form one figure as the sword goes all the way in, the man leaning after it, death uniting the two figures in the emotional, aesthetic and artistic climax of the fight." ["La belleza del momento de la entrada a matar es aquel destello cuando hombre y toro

instantes excepcionales, cuyo significado y cuyas implicaciones rebosan su propia fugacidad, aunque cruciales en la vida de una persona, a juicio del norteamericano yacían desamparados en el mundo narrativo, pues, para bien o para mal, no eran el propósito del cuento, del fragmento, del mini-cuento, y, menos aún, de la novela grande o pequeña. Mejor dicho: a pesar de constituir un tema valioso de la experiencia humana, estos momentos breves y elocuentes estaban abandonados y huérfanos de una forma literaria en prosa. Según Hemingway, esa no era razón para renunciar a estos instantes de importancia capital, y por eso propuso que fueran el blanco del epífano. Ésa era la forma indicada para capturar y arrestar, en prosa, esos segundos trascendentales de nuestra existencia.

En todo caso, de algún suceso anterior a la cornada de Hernandorena pero del cual no existe un testimonio tan locuaz (salvo las mismas miniaturas), fue que Hemingway vislumbró el objetivo y la función de sus *sketches*, junto con el papel que cumplían los detalles (su importancia y particularidad) en la gestación de cada uno. Gracias a esa experiencia remota, el autor concluyó tres hechos cardinales: en primer lugar, que en

---

forman una sola figura mientras que el estoque penetra hasta el fondo, el hombre inclinado detrás suyo, la muerte uniendo a las dos figuras en el clímax emocional, estético y artístico de la lidia".] Ernest Hemingway, *Death in the Afternoon*, p. 247. Una anotación al margen: no es casual que cuando Santiago, el pescador de la obra maestra *El viejo y el mar*, logra arponear el gigantesco pez, finalizando la primera parte de su tormento (pues en seguida comienza la segunda, la batalla con los tiburones), la descripción de la escena recuerda a un matador en el instante de hundir la espada en el toro. Se trata, claramente, del momento de la verdad del viejo Santiago.

nuestra vida efectivamente suceden instantes efímeros que sobresalen por encima de los demás, y que estos instantes logran aludir, debido a su importancia y especificidad, a rasgos claves pero huidizos de la condición humana (tema y dominio, hasta entonces, de la poesía —especialmente del haikú— y de la fotografía[31]); en segundo lugar, que esos instantes son producto de una azarosa confluencia de hechos y circunstancias (detalles) precisos; y, en tercer lugar, que el procedimiento para atrapar aquel instante con las palabras es percibiendo cuáles son los detalles más relevantes de la acción, y luego fijándolos, retratándolos, recreándolos verosímilmente (*purely*, como diría el escritor) en la prosa.

OTROS EJEMPLOS

Hemingway, por supuesto, no es el único autor que ha destacado la trascendencia del instante límite, ni es el único que ha entendido que dicha fracción de tiempo está constituida por una aleatoria confluencia de detalles precisos. Uno de los autores que más escribieron sobre este punto fue el novelista, historiador y biógrafo Stefan Zweig. Y lo hizo con su habitual lucidez y elegancia.

"Raros son", anotó el autor con certeza, "tanto en la vida como en el arte, los momentos sublimes y memorables".[32] Por esa razón, Zweig escribió aquel bello

---

[31] Como veremos más adelante, el término "momento decisivo" fue acuñado por el fotógrafo francés, Henri Cartier Bresson, nacido en 1908.

[32] Stefan Zweig, *Momentos estelares de la humanidad*, Editorial Juventud, Barcelona, 1998, p. 5.

libro, *Momentos estelares de la humanidad*, sus "doce miniaturas históricas", en donde recrea una docena de acontecimientos de suma importancia que le han cambiado el rostro a la Historia. Segundos definitivos, cuyo impacto y efecto reverberan a lo largo de los siglos, son, por definición, excepcionales. El mismo autor insistió en el carácter singular de esos momentos: "Tales instantes dramáticos, preñados de destino, en los que en un día, en una hora o en un minuto se concentran decisiones perdurables, son raros en la vida de un hombre y en el curso de la Historia".[33]

Raros son, no cabe duda, y además difíciles de detectar, justamente porque esos momentos cortos y fugitivos toman lugar en medio de la cotidianidad, durante el incesante fluir que es la vida. "Un momento estelar de la Humanidad significa la sucesión de horas, días, meses y años, al parecer estériles, que no se explican hasta su culminación en algo decisivo". Por eso Zweig agregó: "Paralelos o sucesivos, los sucesos cotidianos van siguiendo su ritmo tranquilo e intrascendente hasta llegar a, por así decirlo, comprimirse en un instante decisivo y determinante".[34] Y cuando eso ocurre, esas partículas de tiempo parecen hacer erupción, y lo hacen con la estremecedora potencia de un volcán.

No obstante, a pesar de lo escasos e infrecuentes que son, y de lo arduo que es distinguirlos y aislarlos de la corriente continua que es la existencia, son esos instantes, quizás, los más dicientes y los que mejor iluminan los rasgos esenciales del ser humano. Y más cuando se trata de un momento culminante de peligro. El mismo

---

[33] *Ibíd.*, p. 6.
[34] *Ibíd.*

Zweig lo resumió así: "Nunca como en el modo de portarse en momentos decisivos se conoce el carácter de un hombre. El peligro saca a flor las fuerzas y facultades más recónditas de una persona; todas aquellas cualidades que quedaban a la sombra y escapaban a la medida, se destacan plásticamente en los momentos críticos".[35]

Críticos, es cierto, pero no siempre peligrosos. Definitivos sí, y con frecuencia fecundos, porque a veces, durante esos instantes tan reveladores, la persona enfrenta su destino o asume la condición que la fijará en la historia, aunque su vida no esté, necesariamente, en riesgo. Al comienzo de este epílogo nos detuvimos en el momento crucial cuando el autor de *Cien años de soledad* leyó, por primera vez, a Kafka, y en ese instante García Márquez tomó conciencia de su vocación de escritor. De igual modo, el argentino Jorge Luis Borges confesó que algo similar le había ocurrido al escuchar, en boca de su padre, los versos del poema "Oda a un ruiseñor", de John Keats. En efecto, Borges dictó una serie de conferencias en la universidad de Harvard que estuvieron perdidas durante varios años; se trata de su participación en las prestigiosas "Charles Eliot Norton Lectures" de ese centro universitario, y que toman lugar cada año con figuras de importancia mundial. Dictadas en inglés, Borges fue el invitado de honor en el año 1967-1968, y en la charla titulada "El credo del poeta" manifestó lo siguiente: "Although a man's life is compounded of thousands and thousands of moments and days, those many instants and those many days may be reduced to a single one: the moment when a man knows who he is,

---

[35] Stefan Zweig, *Magallanes: el hombre y su gesta*, Editorial Juventud, Barcelona, 1983, p. 130.

when he sees himself face to face."[36] Al igual que Judas al besar a Cristo, señaló Borges ese día, a veces la persona, en un instante significativo, contempla, y con cristalina nitidez, su verdadero rostro. Y así le sucedió al escuchar los versos del poeta inglés, recitados por su padre en la biblioteca de su casa en Buenos Aires. En el segundo de oír las palabras de Keats, admitió, él experimentó "una revelación", y desde ese momento el joven se supo destinado a la poesía.

En América Latina, ese instante límite y excepcional ha sido retratado en varias oportunidades y por varias plumas. Un caso memorable, sin duda, lo presenció Gabriel García Márquez cuando fue testigo del incidente que sería la semilla de una de las grandes novelas de nuestro tiempo, *El otoño del patriarca*. "Mi preocupación por los misterios del poder tuvieron origen en un episodio que presencié en Caracas… a principios de 1958", recuerda. "Todos los periodistas extranjeros acreditados en Caracas esperábamos la constitución del nuevo gobierno en uno de los salones suntuosos del Palacio de Miraflores. De pronto, un oficial del Ejército en uniforme de campaña, cubriéndose la retirada con la ametralladora lista

---

[36] Jorge Luis Borges, *This Craft of Verse*, Harvard University Press, Cambridge, Massachusetts, 2000, p. 99. ["Aun si la vida de un hombre está compuesta por miles y miles de momentos y de días, todos esos instantes y todos esos días se pueden reducir a uno solo: el momento cuando un hombre sabe quién es, cuando se ve a sí mismo cara a cara".] Esta bella frase hace eco con otra de Borges que se encuentra en su relato "Biografía de Tadeo Isidoro Cruz (1829-1874)": "Cualquier destino, por largo y complicado que sea, consta en realidad *de un solo momento*: el momento en el que el hombre sabe para siempre quién es". El subrayado es de Borges.

para disparar, abandonó la oficina de los conciliábulos y atravesó el salón suntuoso caminando hacia atrás. En la puerta del palacio encañonó un taxi, que le llevó al aeropuerto, y se fugó del país. Lo único que quedó de él fueron las huellas de barro fresco de sus botas en las alfombras perfectas del salón principal. Yo padecí una especie de deslumbramiento: de un modo confuso, como si una cápsula prohibida se hubiera reventado dentro de mi alma, *comprendí que en aquel episodio estaba toda la esencia del poder.* Unos quinces años después, a partir de ese episodio y sin dejar de evocarlo, o sin dejar de evocarlo de un modo constante, escribí *El otoño del patriarca*".[37]

Sin embargo, para entender mejor este fenómeno del instante revelador, y su naturaleza compuesta por una suma de detalles específicos, a lo mejor vale la pena que cambiemos, por un momento, de medio y de escenario. Entonces recordemos el final de la película de Woody Allen, *Stardust Memories*, el cual ilustra estos puntos fundamentales. El personaje, Sandy Bates, inspirado en la experiencia del mismo Allen como famoso director, celebridad perdida en una permanente multitud de rostros extraños, estrella acosada por desconocidos que sin cesar le piden autógrafos, opiniones, firmas y todo tipo de declaraciones, ha buscado durante años a la compañera ideal. Y más que eso o, mejor, detrás de eso, lo que ha buscado, infatigablemente, es sentido a su existencia. A lo último, tras un episodio que casi le cuesta la vida al protagonista, de pronto un recuerdo se abre paso en su memoria mientras se debate entre la vida y

---

[37] Gabriel García Márquez, "*Los Idus de marzo*", en *Notas de Prensa (1980-1984)*, Mondadori, Madrid, 1991, pp. 162-163. El subrayado es mío.

la muerte en la sala de urgencias. Se trata de una tarde que pasó con Dorrie, la mujer que más ha amado y que, por desgracia, en ese momento ha perdido la razón y se encuentra recluida en un manicomio. El recuerdo, para Bates, tiene un valor extraordinario.

Estaba recostado en la mesa de operaciones, tratando de encontrar algo de dónde aferrarme, porque cuando uno se está muriendo la vida se vuelve verdaderamente auténtica. Me esforcé por hallar algo que le diera sentido a mi vida, y de pronto un recuerdo cruzó por mi mente (*la cámara hace un flashback, y vemos a Sandy que ahora está con Dorrie en su apartamento de Nueva York; el sol brilla por las ventanas abiertas. Un disco de Louis Armstrong se escucha con claridad. Sandy está comiendo helado con una cuchara de un envase de cartón*). Era uno de esos maravillosos días de primavera. Era domingo, y yo sabía que el verano llegaría pronto. Recuerdo que esa mañana Dorrie y yo habíamos paseado por el parque, y luego habíamos regresado al apartamento. Estábamos allí, sin hacer nada en especial, y puse un disco de Louis Armstrong, que es música que crecí amando desde niño. De casualidad, miré hacia donde estaba Dorrie, y me acuerdo pensando para mis adentros (*Dorrie se ve recostada sobre la alfombra, hojeando despacio la edición dominical del* New York Times; *viste blusa y pantalones, y parece inconsciente de sí misma, concentrada en la revista*) cómo era de sensacional, y lo mucho que la amaba... No sé, quizás fue la combinación de todo... el sonido de la música, la brisa que entraba por la ventana, la tarde soleada, y lo bella que me parecía Dorrie, pero, por un breve momento, todo pareció encajar... y me sentí feliz... casi indestructible... Es curioso cómo ese instante me conmovió de un modo muy profundo.[38]

Esta escena es reveladora. En efecto, el fortuito encuentro de una serie de hechos, factores y circunstancias produjo, de manera intensa aunque efímera, un instante supremo, de capital importancia en la vida del protagonista. Es probable que si esos elementos (y no otros parecidos: *esos* específicos) no se hubieran dado, el encanto del momento tampoco habría cuajado, y la vivencia de Sandy Bates habría sido tan común y trivial, tan pasajera y sujeta al olvido como cualquiera otra de cualquier otro día. Si, por ejemplo, el sol no estuviera brillando sino que estuviera lloviendo; si no soplara la brisa inflando levemente las cortinas sino que prevaleciera el frío o el calor; si la persona tendida en el suelo no hubiera sido Dorrie sino otra mujer; si la melodía que se escuchaba en el fondo no hubiera sido el jazz de Louis Armstrong sino una música distinta (es decir, la inesperada suma de detalles que, a juicio del protagonista, parecieron "encajar"), es posible que ese instante, mágico y puro y excelente, el cual tuvo el poder de cavar un nicho tan hondo en el corazón de Bates que, al sentir que moría, resurgió con la claridad de un faro salvador, jamás habría existido. No en vano el personaje, en medio de su salud escurridiza, se sintió, por el contrario, "casi indestructible". Ese momento soberano, capaz de comprimir más

---

[38] Woody Allen, *Four Films of Woody Allen*, Random House, New York, 1982, pp. 371-372.

sentido a la vida de lo que muchas personas adivinan o perciben en años, es el objetivo de un epífano.

Recurramos de nuevo al cine para distinguir otro instante excepcional: el momento cuando un hombre descubre su verdadera esencia y por primera vez se enfrenta a su naturaleza y a su destino. En la película *The Godfather [El padrino]*, de Francis Ford Coppola, don Vito Corleone ha sido víctima de un atentado que por poco lo mata. Michael, su hijo menor, héroe de guerra y condecorado, el único que ha permanecido al margen de los negocios turbios de la familia, se entera de la noticia y sale corriendo al hospital, pero al llegar descubre que los guardaespaldas encargados de proteger a su padre han desaparecido, y el padrino se halla solo y vulnerable; es claro que los enemigos de la familia Corleone han preparado el terreno, y otro atentado está por suceder. A toda prisa, Michael sube a la habitación en donde está su padre; lo encuentra vivo pero inconsciente, y con la ayuda de una enfermera que no entiende lo que está pasando, trasladan la camilla del patriarca herido a otra habitación para esconderlo. De pronto, Michael escucha pasos en el corredor de penumbras, y aparece un hombre vestido de negro que recorre los pasillos del hospital. Por suerte, es sólo un amigo panadero que desea hacerle una respetuosa visita de cortesía a don Corleone. Michael rápidamente le explica la situación, y entonces los dos salen sin armas a la puerta del hospital en espera de los asesinos que seguramente vendrán a ultimar al padrino. Fingiendo ser un par de guardaespaldas, Michael hunde el ala de su sombrero y se levanta el cuello del abrigo, lo desabotona, e introduce su mano en el interior como si tuviera un revólver; le dice al panadero, quien visiblemente tiembla del miedo, que haga lo mismo. Segundos después, aparece un automóvil en la calle, rodando lento y siniestro; los cañones de las armas se perfilan en la oscuridad. Los sicarios ven dos hombres que parecen custodiar la puerta del hospital y los confunden, efectivamente, con guardaespaldas; sin duda piensan que el plan ha fallado, y luego de unos segundos de suspenso, siguen de largo. Michael y el panadero los ven desaparecer en la calle y en la noche. El panadero suda y suspira; aliviado, pero con las manos temblorosas, extrae un cigarrillo de su abrigo y le pide fuego a Michael. Éste saca un encendedor y prende el cigarrillo del hombre que todavía tiembla sin control. En ese instante, Michael, con una mezcla de sorpresa y serenidad, y con una expresión que se podría confundir con una sonrisa triste, observa su propia mano, advierte el contraste con la del panadero, y se da cuenta de que la suya no está temblando. Él no ha sentido miedo. Por primera vez en toda su vida, el joven toma conciencia de su sangre siciliana y reconoce lo que es en esencia, a pesar de haberlo negado durante tantos años: un mafioso de nacimiento. Desde ese momento en adelante, y gracias a esa sangre fría, Michael cambia de vida (o mejor: acepta su auténtica naturaleza) y comienza a ascender en el mundo del hampa hasta heredar el trono del padrino. Sin la menor duda, Coppola sabía que ese segundo exacto representaba el *turning point* de Michael Corleone, un momento significativo, profundamente decisivo, y por eso hizo una pausa, enfocando la cámara en la mano de pulso firme, en el encendedor que no vibraba, y en la mirada intuitiva, perspicaz, casi resignada de Michael quien, a pesar de haber eludido su verdadera condición y su destino criminal desde pequeño, en ese instante lo contempla de frente y a los ojos. Esta escena es, por supuesto, tema para otro epífano.[39]

---

[39] El cine es un excelente medio para capturar momentos claves y reveladores de aspectos secretos y cruciales de la

Estos momentos eminentes, capaces de condensar en un breve lapso de tiempo más sentido y mayores significados de la vida y de la condición humana de los que generalmente se evidencian en períodos más largos y vastos, constituyen puntos culminantes que merecen la atención del escritor. Son materia prima válida: instantes selectos dignos de la mirada del artista. Ciertamente, al igual que los ejemplos anteriores que brotan y destellan en mitad de una película, con alguna frecuencia estos momentos de notable intensidad han sido descritos y registrados por los narradores, y aparecen inmersos en cuentos y novelas, titilando en medio de un párrafo, de un capítulo o de un relato, como astros incandescentes que enriquecen la materia ficticia.[40] Sin embargo, Hemingway tenía razón: a la vez éstos son momentos

---

experiencia humana; el lector habrá notado, sin duda, que el origen de mi epífano "Verticales" proviene de la película *Ordinary People*, dirigida por Robert Redford.

[40] Un ejemplo memorable en un océano de ejemplos memorables: en la novela de Joseph Conrad, *Corazón de tinieblas*, el instante cuando el héroe, Kurtz, herido de muerte, encara su vida entera y la ve condensada en una imagen aterradora: "Did he live his life again in every detail of desire, temptation, and surrender during that supreme moment of complete knowledge? He cried in a whisper at some image, at some vision —he cried out twice, a cry that was no more than a breath: 'The horror! The horror!'" ["¿Acaso revivió su vida de nuevo en cada detalle de deseo, tentación y renuncia durante ese momento supremo de sabiduría absoluta? Gritó en un susurro a una imagen, a una visión —gritó dos veces, un grito que no era más que un aliento: '¡El horror! ¡El horror!'"] (pasaje intenso que T. S. Eliot, como bien se sabe, escogió como epígrafe para encabezar su extraordinario poema, *The Waste Land*, y que, finalmente, no incluyó en su versión definitiva).

soberanos, aptos para sobrevivir autónoma e independientemente, no como parte de algo superior sino como piezas exclusivas, redondas y acabadas, y convendría que la prosa contara con una forma apropiada, como puede ser el epífano, para aislarlos y conservarlos en toda su frescura, en toda su pureza y en todo su esplendor.

Más aún: otras artes no han vacilado en aprovechar esta valiosa mina de porciones temporales, cargadas de sentido y energía vital, y han excavado sus vetas con grandes beneficios. La fotografía, por ejemplo, desde hace mucho hizo suya esa rica cantera de instantes singulares. Basta recordar el arte de Henri Cartier Bresson, de Robert Capa, de Ruth Orkin, de Sebastião Salgado o de Alfred Eisenstaedt; traer a mente las imágenes que resumieron y expresaron las emociones más variadas y complejas, las que lograron "decir", con mayor elocuencia que cualquier libro o ensayo, lo que fue una catástrofe, una epidemia o una guerra. Estos artistas percibieron mundos en el interior de nueces. La pregunta es: ¿cómo lo hicieron? Y la respuesta es: *capturando el instante cumbre*, el cardinal en medio del incesante bombardeo de instantes menores; aquel que, a raíz de una inesperada fusión de detalles precisos y pese a su cortísima duración, concentró al máximo lo que esa experiencia significó para un individuo o para todo un pueblo. Como escribió Cartier Bresson en la introducción de su obra maestra, apropiadamente titulada *El momento decisivo* (considerado por muchos expertos de su gremio como uno de los libros más importantes de la fotografía): "Más que cualquier otra cosa, yo aspiraba a capturar toda la esencia, dentro de los confines de una sola fotografía, de alguna situación que estaba en proceso de desarrollarse ante mis ojos… Para mí, la fotografía es un reconocimiento simultáneo, en la fracción de un segundo, de todo el significado de un evento, así como la organización precisa de las formas que le dan a ese evento su expresión apropiada". Justamente, las mejores fotografías de estos artistas lograron lo que se proponía el francés, y por esa razón sus imágenes perduran en el tiempo, recordándonos la esencia de nuestra propia condición.

En efecto, pocos tratados o libros de historia describen con una eficacia comparable lo que fue la Guerra Civil Española y, de paso, lo que es la fragilidad de la vida, que la erizante fotografía de Robert Capa tomada el 5 de septiembre de 1936 (cerca del Cerro Muriano en la frontera de Córdoba), la cual registra a un soldado republicano en plena carrera justo en el instante de recibir un balazo mortal: sus piernas han comenzado a doblarse pero todavía no ha caído; no está vivo pero tampoco muerto; no tiene su carabina empuñada en la mano pero tampoco está en el aire: es la fracción de segundo límite cuando la vida traslapa la muerte, cuando la frontera entre ambas aparece resaltada en un clímax brutal. De la misma manera, uno de los testimonios que más resumen para el pueblo norteamericano su derrota en la guerra de Vietnam, es la famosa imagen de Hubert Van Es, tomada el 29 de abril de 1975, la que muestra a un helicóptero del ejército de los Estados Unidos posado sobre el techo de su embajada en Saigón, mientras un largo rosario de gente angustiada hace fila para trepar al aparato (son demasiados, y se ve que apenas cabrá un puñado más de personas, obligando a preguntarnos por la suerte de las demás, aquellas que, sin remedio, se quedarán atrás) y huir de la ciudad que a esa hora está cayendo en manos de las fuerzas comunistas del Viet Cong.[41] O, también, la barbarie y la crueldad de

---

[41] Es interesante precisar, simplemente por cuestiones de certeza histórica, que el 29 de abril de 2005, 30 años después

la guerra captada en la inolvidable fotografía de Eddie Adams, en la cual el jefe de la policía de Saigón, Nguyen Ngoc Loan, acaba de disparar su revólver a la sien de un prisionero del Viet Cong que tiene las manos amarradas a la espalda. O, también, esa desgarradora imagen de Omaira Sánchez tomada por Frank Fournier, luego de la tragedia del volcán de Armero en Colombia, en donde sólo vemos el rostro de ojos grandes y tristes y agobiados de la niña con el agua al cuello, aferrada a una viga en la más escalofriante impotencia, poco antes de morir. O, también, la impresionante fotografía de Stuart Franklin que exalta, como pocas, el coraje del ciudadano anónimo, aquel hombre de pantalones negros y camisa blanca, el civil que vemos de espaldas en medio de la avenida amplia y despejada de la Plaza de Tian'anmen, con un par de bolsas plásticas en las manos como si viniera de hacer las compras del día, enfrentado en la más valiente y absoluta soledad a una fila de tanques en Beijing, antes de que las tropas militares aplastaran el movimiento democrático que alcanzó a florecer en aquel verano de 1989.

Por su lado, en el campo de la poesía el instante singular también encontró atención, expresión y forma de representación, particularmente en el arte del haikú.

---

de esa fecha memorable, este fotógrafo danés, Hubert Van Es, publicó un artículo en el diario *The New York Times*, en donde hizo una valiosa aclaración con respecto a su célebre fotografía: que el edificio en donde había aterrizado el helicóptero de la Air America Huey no era en verdad la embajada de los Estados Unidos, como siempre se creyó, sino el conjunto residencial Pittman, en donde vivían varios oficiales de la CIA. "Como tantos hechos de la guerra de Vietnam", anotó, "las cosas eran distintas de lo que parecían".

Esta forma poética, cuyo maestro indiscutible fue Matsuo Basho (1644-1694), es una derivación histórica del renga haikai (como bien señala Octavio Paz, de las palabras *haikai* y *hokku*, nació el término *haikú*), y es, básicamente, "un poema de 17 sílabas y tres versos: cinco, siete, cinco".[42] ¿Su objetivo? Preservar, a través de la palabra, un hecho o un segundo mágico, fugaz y efímero, mas lleno de sentido. Para William J. Higginson, el haikú busca "presentar los momentos dramáticos que el autor encontró en sucesos comunes y cotidianos",[43] y según Octavio Paz, esta forma aspira a capturar "el instante poético… El haikú se convierte en la anotación rápida, verdadera recreación, de un momento privilegiado… Arte no intelectual, siempre concreto y antiliterario, el haikú es una pequeña cápsula cargada de poesía capaz de hacer saltar la realidad aparente".[44] Estos principios estéticos y sensoriales los comparte por igual el "Haibún", inexactamente traducido como "haikú en prosa", y que es, en realidad, un texto corto, ciertamente en prosa, pero con un haikú al final o con varios haikú entrelazados en su interior (el maestro Basho escribió más de 60 haibún). En todo caso, para nuestro estudio lo pertinente

---

[42] Octavio Paz, "Tres momentos de la literatura japonesa", en *Las peras del olmo*, Planeta Editorial, Bogotá, 1985, p. 124. Así mismo, para apreciar la influencia del haikú en la cultura latinoamericana, recomiendo el prólogo del poeta mexicano al libro *Sendas de Oku*, titulado "La tradición del haikú", en *Los signos en rotación y otros ensayos*, Alianza Editorial, Madrid, 1983, pp. 237-252.

[43] William J. Higginson, *The Haiku Handbook*, Mc Graw Hill Company, New York, 1985, p. 5.

[44] Octavio Paz, "Tres momentos de la literatura japonesa", pp. 124-125.

es señalar que, desde siglos atrás, la cultura japonesa se mostró sensible a la autosuficiencia de hechos y momentos irrepetibles, aquellos fragmentos temporales dotados de cualidades únicas y valiosas, aunque breves y transitorias, que hacían de los mismos una silenciosa y reverberante detonación de significados profundos.

Por supuesto, numerosos creadores de las artes plásticas también mostraron su predilección por el instante supremo, aquella cúspide de tiempo parecida a la cima de una montaña, de donde se aprecia con mayor nitidez el vasto paisaje alrededor, aquella fracción de segundos, o quizá minutos, capaz de expresar más de lo que somos que tantos otros espacios de tiempo, aunque éstos sean bastante más extensos. Y tal vez pocos artistas fueron tan lúcidos en ese sentido como el gran maestro del Renacimiento, Miguel Ángel Buonarroti. Sus obras son tan conocidas que no se requiere mayor elaboración de nuestra parte, pues casi todas tienen ese elemento en común: el hecho de representar un momento culminante, una profunda verdad humana cristalizada en un instante trascendental. Sin ir más lejos, recordemos algunas de sus piezas más extraordinarias, entre ellas el incomparable *David*, la hermosa escultura tallada en mármol de Carrara (al igual que la *Pietà*), iniciada en 1501 (cuando el artista tenía poco más de 25 años de edad) y terminada en 1504, la que hoy se encuentra en la Galería de la Academia, en Florencia. Allí vemos, en su impactante tamaño monumental, al joven David, la figura bíblica del futuro rey de Israel y fundador de Jerusalén, de pie en un momento electrizante y singular: el hombre desnudo y poderoso, heroico y solitario, en los segundos previos a su combate con el gigante filisteo Goliat, con la honda terciada sobre la espalda y sujeta en la mano izquierda, la piedra mortal en la derecha, y la mirada serena, increíblemente serena, que con seguridad contempla en la distancia a su enemigo colosal. El coraje del individuo, que ante semejante desafío asume esa postura reposada y tranquila, con la inteligencia de su expresión y las pequeñas arrugas en la frente que delatan la actividad de su mente, y la lisura de la piel como si fluyese la sangre bajo la fina capa del mármol blanco, junto con la increíble perfección de la talla del artista, contribuyen a generar, en el espectador, una abrumadora sensación de majestad y nobleza. Sin embargo, quizás lo más admirable de parte del creador fue haber entendido la importancia de aquel segundo definitivo y vertiginoso, cuando el valiente muchacho gira la cabeza sin miedo, apoyando todo el peso de su cuerpo sobre la pierna derecha, mientras la otra luce relajada, mínimamente doblada, y de esa manera contemplamos al personaje digno y estoico, resuelto y decidido a enfrentar a un rival de fuerzas claramente superiores. Es decir, el mayor momento de gloria y honor de todo el episodio bíblico no era, para Miguel Ángel, durante la pelea o al cabo de la misma (como se representó tantas veces), cuando el joven vencedor podía agarrar la masa de cabellos de la cabeza cortada del gigante, chorreando sangre, o erguirse de pie y triunfante sobre la misma, tal como lo hicieron otros grandes artistas, incluidos Verrocchio y Donatello; era durante aquellos breves segundos *anteriores* a la batalla, cuando el ser humano todavía es libre de escoger su camino, y puede optar entre huir o encarar al enemigo, y por lo tanto es enteramente responsable de su elección. La figura de Miguel Ángel, por lo visto, acaba de hacer su admirable decisión. Ha aceptado la pelea, sin que importen las posibles consecuencias, y en su libre voluntad está la esencia de su grandeza como ser humano. El *David*, en suma, no es sólo la talla en mármol de un gran hombre. Es la expresión visible y tangible de una determinación soberana: la libre y valiente decisión entre actuar y no actuar (el dilema de Hamlet) mas cuando el peligro es inmenso, y cuando el riesgo de morir por una causa es claro e inequívoco. Por todo esto, en el momento en que la escultura salió del taller del artista y se instaló en su pedestal de la Piazza della Signoria, en frente del Palazzo Vecchio, cuatro días después (lo que tardó el amigo de Miguel Ángel, Giuliano da Sangallo, en transportar la majestuosa obra esas pocas cuadras de distancia), y la gente por fin pudo admirar la figura gigantesca, de ceño fruncido y mirada alerta, en seguida se convirtió en el símbolo indiscutible del valeroso pueblo de Florencia.

Igualmente, en la *Pietà*, la preciosa obra hecha para la tumba del cardenal Jean Bilhères de Lagraulas, y terminada por el artista en 1499 cuando Miguel Ángel contaba apenas 24 años de edad (su única escultura firmada de su puño y letra), y que hoy se aprecia en la Basílica de San Pedro en Roma, vemos una de las imágenes más conmovedoras de toda la historia del arte: el momento terrible cuando la Madre sostiene, tendido sobre su regazo, el cadáver de su Hijo. El cuerpo del Crucificado, casi desnudo y reluciente en su pureza, se ve todavía más inerme en contraste con la abundancia de telas que visten a la Virgen. Pero no sólo eso. El prodigioso equilibrio de la composición, y el notable peso del cuerpo desgonzado e inerte de Cristo, unido al aire sereno de ambas figuras, más la belleza de los rostros y la suavidad del ropaje de la Virgen, con los pliegues delicados y ligeros hasta el punto de que no parecen tallados en la dura materia del mármol, le confieren a la pieza un dramatismo insondable. Según el autorizado biógrafo de Miguel Ángel, Charles de Tolnay, cuando el joven artista fue escogido por el cardenal para hacer esta estatua, se le exigió en el contrato, muy escuetamente, "realizar la escultura en mármol más bella que se haya visto jamás en Roma".[45] Y no hay duda de que, cuando la misma fue revelada ante el público en 1499, se supo de inmediato que la meta había sido alcanzada de sobra, pues se declaró que su creador había superado, con esta obra formidable, no sólo a todos sus contemporáneos, sino también a los antiguos griegos y romanos, la medida por excelencia contra la cual se valoraba el arte del momento. Es evidente que, al igual que en el *David*, en esta escultura el instante supremo también es el tema central, pues se trata de uno de los momentos más tremendos de la humanidad, aquel segundo sin paredes ni fondo cuando la mujer recibe a su criatura fallecida, y lo hace con una nobleza de carácter que sólo aumenta la profunda espiritualidad de la obra.

Otro artista que tuvo el talento genial para arrestar el momento definitivo, y no sólo en sus destellos más bellos y sublimes sino también en los más crueles y siniestros, fue el gran maestro español Francisco José de Goya y Lucientes.[46] Hemingway decía que el verdadero

---

[45] Ross King, *Michelangelo & the Pope's Ceiling*, Walker & Company, New York, 2003, pp. 2 y 319.

[46] Hemingway era un gran admirador de Goya, y lo aplaudió en varias ocasiones (una inolvidable en *Muerte en la tarde*, p. 182, en la que hace la larga lista de cosas que el artista vivió y experimentó, y las trató de pintar casi todas). Varios críticos, inclusive, han destacado la influencia de Goya en los bocetos de Hemingway, entre ellos Edmund Wilson y Charles A. Fenton, ambos diciendo que la poderosa modernidad de los textos proviene de esa cualidad. Ver Charles A. Fenton, "The Revision of 'Chapter III' from *In Our Time*", en *The Short Stories of Ernest Hemingway: Critical Essays*, p. 84.

artista es aquel que no aparta su mirada del horror, el que está dispuesto a observar el teatro humano en todas sus manifestaciones, incluidas las más atroces. Goya ejemplificó como pocos ese tipo de creador, y su escrutinio implacable, obsesionado con iluminar toda la verdad de la condición humana, lo llevó siempre a llegar hasta el fondo de las cosas. Son contados los artistas que han hecho un retrato más exhaustivo de su tiempo, y a pesar de sus célebres altibajos en los círculos del poder, así como sus peligrosos enfrentamientos con la Santa Inquisición, Goya jamás dejó de pintar de manera insaciable todo lo que pasaba frente a sus ojos. Sin duda, el tema de muchos de sus lienzos y grabados fue el instante fulgurante, gráficamente elocuente de la aventura humana, y tanto en sus pináculos de mayor grandeza como en sus abismos de mayor miseria. Casi todas sus estampas parecen fogonazos o instantáneas que captan un aspecto crucial de la vida o de su época, y no sólo en sus expresiones externas, con sus escenas campestres o pueblerinas o palaciegas, sino también en las más íntimas del maestro, con sus propios demonios convertidos en material de arte.

En todo caso, Goya fue uno de los grandes pintores del momento decisivo. Y en varios de sus cuadros más famosos el artista logró sintetizar uno de esos momentos con una fuerza y una maestría insuperables, seguramente con el objetivo de detener, como si fuera para toda la eternidad, rasgos fundamentales y sobresalientes de la naturaleza del hombre. Por ejemplo: el valor y el heroísmo, así como la injusticia y la violencia, expresados en forma simultánea y escalofriante en su obra maestra de 1814, *El 3 de mayo de 1808*, también conocida como *Los fusilamientos de la Moncloa* o *Los fusilamientos en la montaña del Príncipe Pío*. Sin duda, la escena del óleo es brutal y descarnada. Sobre un fondo oscuro y nocturno, y en lo alto de una colina desde la cual se vislumbran los tejados de la ciudad de Madrid, van subiendo los ciudadanos inocentes y desarmados que son llevados como corderos al matadero. Contra un muro de piedra, ferozmente iluminado por un farol puesto en el suelo, el pelotón de fusilamiento de las tropas napoleónicas le disparan, a bocajarro, a los patriotas, y a sus pies ya están tendidos los primeros cadáveres. Admirablemente, mientras algunas de las víctimas en la escena se cubren los ojos o rezan o gritan desesperadas, un solo hombre, de rodillas casi en el centro del lienzo, vestido con un camisón blanco que le brinda un dramatismo impresionante, abierto de brazos como Cristo en la cruz (y con las heridas en las manos que recuerdan los estigmas), hace lo que todavía está a su alcance en esos últimos segundos de vida y autonomía, y es ofrecer su pecho a las balas y levantar los brazos en alto en un acto estremecedor de coraje y protesta, el cual, indudablemente, triunfa sobre la barbarie y la inhumanidad de sus asesinos. ¿Un gesto inútil, como lo demuestra el cadáver en la tierra que reproduce el mismo ademán de los brazos abiertos? Quizás. Pero a la vez es un acto que nos salva como especie, pues cuando todo está perdido, parece decirnos el artista, todavía queda un mínimo resquicio para el desafío, para el gesto heroico y para la dignidad.

No obstante, tal vez en donde Goya más hizo gala de su agudeza para captar aquellos instantes tan locuaces de la humanidad, y en donde su mirada cáustica, satírica y cruda llegó a extremos inimitables, fue en sus poderosos grabados, en especial en las series tituladas *Los caprichos* (1797-1799), *Los desastres de la guerra* (1810), y *Los disparates* (1820-1823). Pero también al final de su vida, cuando aquel maestro incansable, ya enfermo y mayor, quien nunca dejó de explorar nuevas técnicas y formas de expresión, realizó durante su primer invierno en Bordeaux, entre 1824 y 1825 (tres años antes de morir), una serie de miniaturas en tapas de marfil, pintadas con agua y tinta, y que tenían la fuerza para estallar ante la mirada hechizada del espectador. Imágenes alucinadas, otras tenebrosas y otras de un realismo aterrador, la pequeñez de su formato sólo magnifica la potencia de su efecto (al igual que las viñetas de Hemingway, dicho sea de paso). El mismo Goya se ufanó de su trabajo en la carta que le escribió a su contacto en París, Joaquín María de Ferrer y Cafranga. "Es verdad que durante el pasado invierno pinté sobre marfil", escribió, "y tengo una colección de casi cuarenta ejercicios, pero son miniaturas originales como las que no he visto jamás". En efecto, son obras desconcertantes, paradójicas inclusive, pues aunque cada una es minúscula de medida, su impacto es colosal. Más aún, como acertadamente precisó el curador de la exposición *Goya's Last Works*, cuando estas piezas se presentaron por primera vez en el Museo Frick de Nueva York: "Estas pinturas diminutas son grandes en concepción e imaginación". ¿Cómo las hizo Goya? Sobre una superficie de escaso tamaño, tan mínimo que cada tapa cabe en la palma de la mano, el artista cubría el marfil con tinta negra, y en seguida dejaba caer pequeñas gotas de agua que producían inesperados espacios en blanco, imprevistos campos de luz; luego, con un instrumento de punta afilada, rasguñaba la superficie para trazar las figuras en la tinta, y la sensación que todas despiertan es, por decir lo menos, erizante. En una vemos a un cura dando alaridos. En otra, una mujer nos mira con ojos desorbitados. En otra un hombre se espulga. En otra, Judit decapita a Holofernes. En fin, tal como anotó el crítico y periodista Michael Kimmelman, al reseñar la exposición de Nueva York: "Estos marfiles parecen instantáneas tomadas con el *flash* de bombillas de magnesio… Inmediatas y exquisitas, [estas miniaturas] son casi monumentales".[47]

Las mismas palabras, por cierto, que podríamos emplear para definir los bocetos de Hemingway.

En todo caso, para retornar al tema central que nos concierne, la clarividencia de Hemingway adquiere una dimensión cada vez más importante. Su mérito principal consiste en haber vislumbrado que parte fundamental de la experiencia humana (parte factible de registrar en diversos medios como la poesía, las artes plásticas, la fotografía, y ahora el cine), escapaba a las redes de la prosa debido a la ausencia de una forma indicada para atraparla de manera exclusiva. Su mérito siguiente fue no haberse resignado a esa carencia, ni haber renunciado a esa faceta de lo humano a pesar de su orfandad formal y narrativa. A través de las miniaturas que comenzó en 1922, y que luego publicó en 1924 y nuevamente en 1925, Hemingway atrapó 16 momentos o acontecimientos profundamente significativos, elocuentes o estremecedores, pero sin que formasen parte de narraciones más vastas en las que se podía diluir la singularidad y la trascendencia de cada uno. Ese trabajo refleja el compromiso profesional del autor, pero también refleja su convicción con respecto a la independencia estética y temática de esos instantes, capaces, como advirtió P. G. Rama Rao, "de expresar aspectos esenciales y característicos de la condición compartida por toda la humanidad".[48]

---

[47] Michael Kimmelman, "Goya, Unflinching, Defied Old Age", in *The New York Times*, New York, February 24, 2006. La carta de Goya a su agente en París es traducida por mí del inglés.

[48] P. G. Rama Rao, *Ernest Hemingway: A Study in Narrative Technique*, S. Chand & Company, New Delhi, 1980, p. 35.

Sin embargo, es posible que el norteamericano no estuviera plenamente consciente de lo que estaba inaugurando cuando empezó a escribir sus primeros *sketches*; quizás sus esfuerzos eran menos fruto de una inquebrantable decisión que de una sospecha feliz, una intuición, un presentimiento. En verdad, no he leído ningún escrito o comentario de aquella época inicial que apunte a una percepción incuestionable de parte del autor, a una visión consciente o a un claro entendimiento de lo que *implicaban* sus epífanos como aporte e innovación en el campo formal de la prosa. No obstante, a finales de 1923 la duda se torna certidumbre y la ambigüedad cede ante la lucidez; para entonces, Hemingway no sólo reconoce el valor de sus textos, sino que está seguro de su alcance y de sus implicaciones. Y así lo resumió en una frase que lo dice todo: "He descubierto una forma nueva".[49]

---

[49] Carlos Baker, *Ernest Hemingway: A Life Story*, p. 157. Evidentemente, Hemingway no fue el único en interpretar esos textos como representantes de una forma nueva. Edmund Wilson, quien había elogiado la prosa del joven escritor cuando aparecieron sus miniaturas en *Little Review*, escribió una reseña para la revista *Dial* (editada por Scottfield Thayer) en octubre de 1924, unos meses después de que *in our time* saliera al mercado; allí anotó, con una admiración limitada por cierta dosis de cautela crítica: "[Mr. Hemingway] is strikingly original, and in the dry compressed little vignettes of *in our time* has almost invented a form of his own." ["(El señor Hemingway) es asombrosamente original, y en las secas y comprimidas viñetas de *in our time*, casi ha inventado una forma propia".] Edmund Wilson, "Dial", octubre de 1924, en *Hemingway: The Critical Heritage*, p. 63. El subrayado es mío.

De ser así, la clara conciencia de Hemingway (el *saber a fondo* lo que había originado) vuelve aún más desconcertante el hecho de que posteriormente hubiera abandonado los epífanos, y de que nunca se hubiera interesado en elevar, a categoría artística, su brillante hallazgo formal.

¿Cómo entender esta posición? ¿Cuál es la explicación de esta indiferencia?

La coyuntura personal del autor, seguramente, desempeñó un papel determinante en este aparente descuido. Como anotamos más arriba, Hemingway comenzó sus miniaturas en 1922 y terminó la versión original en agosto de 1923, en los días previos a viajar a Canadá (para que su esposa diera a luz, en territorio norteamericano, a su primer hijo, John Hadley Nicanor —Bumby—, bautizado en homenaje al matador de toros español, Nicanor Villalta). Unos meses antes, y a solicitud de su amiga Jean Heap, el autor había enviado las primeras seis viñetas a la revista *Little Review*, para el número titulado "Exiles" de abril de 1923 (aunque los retrasos en la publicación harían que la revista solamente saliera a la venta en el otoño de ese mismo año). Luego, Hemingway volvería a pulir sus pequeños textos para publicarlos con Bill Bird en París, en marzo de 1924 (en el libro *in our time*, su contribución al proyecto editorial de Ezra Pound, el famoso "Inquest" liderado por el poeta). Después los volvería a trabajar para publicarlos, por tercera vez y en forma definitiva (y desde entonces intercalados entre los cuentos cortos), en su tercer libro, *In Our Time*, publicado en Nueva York por la editorial Boni and Liveright, en 1925.[50] En todo caso, apenas Hemingway

---

[50] Que Hemingway haya laborado tanto en sus epífanos, puliendo y reescribiendo los textos y haciendo cambios

concluyó la etapa más dura y exigente de ese largo proceso de escritura (o sea, la versión de agosto, 1923), su atención creativa se desvió hacia otro género narrativo y hacia una meta más urgente y prioritaria: escribir de nuevo la totalidad de sus cuentos perdidos.

Así es. Un tiempo antes, en diciembre de 1922, mientras Hemingway cubría la Conferencia de Paz en Suiza como reportero corresponsal del *Toronto Star*, su esposa Hadley decidió tomar un tren para reunirse con él en Lausana, y así pasar esos días juntos. A última hora, la mujer quiso darle una grata sorpresa a su marido, de modo que guardó en una valija todos los relatos del escritor, incluidos los borradores y las copias en papel carbón, con la idea de llevárselos para que él los pudiera trabajar en los ratos libres que le dejaba la redacción de sus reportajes periodísticos. Al subirse en el vagón de segunda clase en la Gare de Lyon, Hadley dejó el compartimento un par de minutos para comprar una botella de agua; al regresar, descubrió que le habían robado la valija. La pérdida fue literalmente irreparable.[51] Salvo los

---

sustanciales, inclusive, en 1930 (ocho años después de haberlos iniciado), cuando la editorial Scribner's reeditó *In Our Time*, refleja no sólo el valor que tenían estas piezas para su autor, sino que demuestra, más allá de cualquier duda razonable, que las mismas no eran meros bocetos de trabajo o simples ejercicios de aprendizaje, como erróneamente sugieren algunos críticos, entre ellos, como vimos, Philip Young. Para conocer los cambios y las correcciones a uno de los epífanos de Hemingway (el número III), realizados entre el 20 de octubre de 1922 hasta el año de 1930, ver Charles A. Fenton, "The Revision of 'Chapter III' from *In Our Time*", en *The Short Stories of Ernest Hemingway: Critical Essays*, pp. 80-84.

[51] La ironía es que buena parte del material perdido eran cuentos que las revistas habían rechazado publicar. Como dice

primeros *sketches* reunidos bajo el título "Paris, 1922", más "Up in Michigan" y "My Old Man", dos relatos que se salvaron de milagro (pues se encontraban en el correo justo en esos días), el resto de la obra de Hemingway, es decir, varios años de trabajo invaluable, se perdió para siempre. Ese robo constituyó un golpe devastador para el escritor,[52] y por eso, cuando él terminó de escribir los epífanos e incluso mientras intentaba publicarlos, su mente se dedicó, casi por completo y de manera febril y desesperada, al género del cuento.[53]

Michael Reynolds: "Entonces se leía a diario en los periódicos acerca de ladrones operando en las estaciones de tren, y se comentaban los robos de carteras y de joyas, pero jamás de manuscritos que nadie quería publicar. Era casi gracioso". Michael Reynolds, *Hemingway: The Paris Years*, p. 3.

[52] Los lectores seguramente reconocerán que esta dolorosa experiencia es la raíz del episodio central de la novela póstuma de Hemingway, *The Garden of Eden [El jardín de Edén]* (1986), en donde la esposa del personaje principal, un escritor llamado David Bourne, incinera sus cuentos durante una repentina crisis de demencia.

[53] Recordemos que el proceso de edición de un libro toma tiempo, y su publicación es una labor, casi siempre, hecha por otros, y además muy distinta al trabajo creativo del escritor. Por esa razón, durante ese período, mientras Hemingway publicaba sus epífanos, a la vez él ya estaba trabajando en sus cuentos, o sea, ya estaba escribiendo en un género diferente. La prueba es la carta que el autor le envió a Ezra Pound el 17 de marzo de 1924, en donde le revela: "I am writing some damn good stories". ["Estoy escribiendo unos condenados cuentos muy buenos".] Un párrafo más arriba, le ha dicho que el libro que Bill Bird está publicando, *in our time*, para el proyecto que él (Pound) ha dirigido, ya está por salir y que debió de haber salido, inclusive, tres semanas antes. Ver Carlos Baker ed., *Ernest Hemingway: Selected Letters, 1917-1961*, p. 113.

Por cierto, esa dedicación fue realmente productiva. Como veremos más adelante, el epífano es, junto con una forma válida en prosa, una escuela propicia para aprender a escribir. Su objetivo principal, no el de contar una historia sino el de capturar un momento significativo, dejando por fuera todo lo superfluo, lo que no cumple una función específica, necesaria e irremplazable en el texto, constituye un proceso de enseñanza severo pero de gran utilidad y provecho. Por ese motivo, mientras Hemingway vislumbraba los rasgos principales de lo que luego sería su famoso estilo personal, y leía con lupa a los grandes clásicos en París, y absorbía los consejos sabios de sus maestros (autores de la talla de Ezra Pound, Gertrude Stein, James Joyce, T. S. Eliot y Sherwood Anderson), y descubría los trucos y recursos que más le servirían del periodismo, y adivinaba la temática de la condición humana que sería su materia predilecta (y que resumió en la frase célebre: "grace under pressure",[54]) y se sometía a la rigurosa disciplina impuesta por la escritura de sus viñetas, su proceso creativo fue lento, difícil, empinado y, a menudo, frustrante. En cambio, cuando Hemingway se enfrentó a la tarea de reescribir sus cuentos perdidos, mas armado ahora de un conocimiento profundo del arte de narrar, y un gran arsenal de lecturas fecundas, y con el brazo caliente por varios años de trabajo periodístico y de la instructiva redacción de sus *sketches*, la nueva escritura de los cuentos resultó, para su propia sorpresa, rápida y sencilla. Después de

---

[54] ["La gracia bajo presión".] "Cómo el hombre se comporta bajo presión, en situaciones peligrosas o al borde de la muerte, sería el gran estudio de toda su vida, y lo descubrió temprano". Michael Reynolds, *Hemingway: The Paris Years*, p. 62.

todos esos años de aprendizaje ahora Hemingway sabía cómo *no* escribir (es decir: qué evitar y sortear como el sentimentalismo, los adornos y el artificio, el drama fácil y la retórica), y también cómo recrear las escenas con veracidad en la página, y cómo detectar los detalles relevantes de la acción y cómo reproducir esa acción para que el lector viviera la experiencia a su manera, sintiendo la cascada de emociones que esa experiencia le podía suscitar. Justamente por la época en que el autor le comentó a Pound que estaba escribiendo unos cuentos muy buenos, y mientras andaba pendiente de la edición de sus epífanos en *in our time*, Hemingway, en efecto, reescribió varios de sus relatos con una velocidad increíble. "En menos de tres meses en París", dice Michael Reynolds, "Hemingway escribió ocho de los mejores cuentos que iba a escribir en toda su vida". Y así le fueron saliendo, "estallando de su mente perfectamente sobre el papel, necesitando pocas revisiones. Era como una experiencia mística... como si alguien más estuviera escribiendo los cuentos".[55] Era tal la facilidad con que vertía sus relatos, que al recordar lo arduo y complejo que había sido dominar la carpintería de su profesión, o escribir una sola frase auténtica y verdadera, o un párrafo que lo dejara satisfecho, o atrapar un momento singular en una de sus impactantes *vignettes*, el primero

---

[55] Michael Reynolds, *Hemingway: The Paris Years*, p. 167. Estas rachas geniales de productividad no serían, a partir de entonces, insólitas en la carrera de Hemingway. Más adelante, el autor escribió una novela completa (*The Torrents of Spring*) en sólo diez días, y durante una tarde en Madrid, cuando las corridas de toros fueron canceladas por mal tiempo, escribió tres cuentos maestros: "The Killers", "Today is Friday" y "Ten Indians".

en quedar perplejo ante su propia fluidez creativa era el mismo Hemingway. Por lo tanto, si en gran parte las circunstancias (la pérdida de sus cuentos en manos de su esposa) lo forzaron a cambiar de género, su nueva maestría y destreza con que estaba escribiendo sus relatos lo llevaron todavía más allá, dejando atrás y para siempre lo que ya había hecho en el pasado.[56] Ese camino estaba recorrido, y ahora el escritor estaba explorando, con audacia y entusiasmo, nuevos territorios.

Adicionalmente, Hemingway debió de sentir, al ver los epífanos finalmente impresos en su segundo libro, *in our time*, y más todavía al firmar el contrato para publicar su volumen de relatos con la prestigiosa editorial de Nueva York, Boni and Liveright, en marzo de 1925 (como vimos, éste sería su tercer libro, *In Our Time*, en el cual volverían a aparecer sus *sketches*, aunque éstos ya no serían 18 sino 16, con dos de ellos convertidos en cuentos cortos), que había llegado la hora de asumir nuevos desafíos y de buscar nuevos horizontes. En otras palabras, ahora él tenía que incursionar en un campo totalmente distinto, uno que, por cierto, no le había interesado hasta el momento: la novela.

En verdad, un cambio crucial y de consecuencias insospechadas había tomado lugar en el interior del autor. Durante el mes de abril de 1925, Hemingway había manifestado que, a su juicio, la novela era un género literario caduco y artificial, y que además estaba

---

[56] Años después, Hemingway diría que al terminar un libro, mentalmente le daba la espalda para pasar a otros proyectos, y que no se detenía a examinar lo que ya había hecho. "Todo libro concluido es un león muerto", declaró. Citado por Gabriel García Márquez en Gabriel García Márquez y Plinio Apuleyo Mendoza, *El olor de la guayaba*, p. 48.

desprovisto de futuro alguno.[57] Sin embargo, una mañana de junio, apenas un par de meses después de esa
tajante afirmación, el norteamericano abrió uno de los
cuadernos azules en los que parecía esculpir sus textos
literarios y anotó en la primera página, en grandes letras
mayúsculas: *ALONG WITH YOUTH: A NOVEL*. Que
Hemingway cambiara de opinión no era extraño, por
supuesto, pero sí lo era que el cambio fuera tan radical,
pues aunque tuvo que abortar aquel intento de novela al
final del mes, al desembocar en un callejón sin salida en
la página 27 del manuscrito, la decisión de dejar todo a
un lado y escribir una novela como fuera, se mantuvo intacta. "I knew I must write a novel",[58] diría años después
al recordar ese momento. De aquella nueva convicción y
de su tercer viaje a ver las corridas de toros en Pamplona,
nació la idea de su primera novela completa. La tituló
Fiesta, y la trabajó a todo vapor, llenando siete cuadernos
con su letra menuda y legible. Una noche, muerto del
cansancio, escribió: "The End. Paris—Sept. 21—1925"[59]
(en realidad sólo concluiría la novela, tal como la cono-

---

[57] En la carta dirigida a Maxwell Perkins desde París, el
15 de abril de 1925, Hemingway confesó: "Somehow I don't
care about writing a novel and I like to write short stories…
Somehow the novel seems to me to be an awfully artificial
and worked out form." ["De cierto modo no me importa
escribir una novela y me gusta escribir cuentos cortos…
De cierto modo la novela me parece una forma supremamente
artificial y agotada".] Ver Carlos Baker ed., *Ernest Hemingway:
Selected Letters, 1917-1961*, p. 156.

[58] ["Yo sabía que tenía que escribir una novela".] Ernest
Hemingway, *A Moveable Feast*, Granada Publishing Ltd.,
London, 1979, p. 55.

[59] Carlos Baker, *Ernest Hemingway: A Life Story*, p.
200.

cemos, varios meses después). No obstante, el autor se sentía incómodo con el título por tratarse de una palabra opciones, y durante un viaje a Chartres sopesó otras opciones, incluyendo la célebre frase de Gertrude Stein que hizo historia: *"C'est une génération perdue"*. Al final, Hemingway se decidió por una cita tomada del libro de Eclesiastés: *The Sun Also Rises*.

De modo que, apenas Hemingway completó sus epífanos, debido a numerosas razones, otros géneros en prosa se adueñaron de su tiempo y de su atención creativa. Desde luego, no sólo por eso él descuidó estas miniaturas; es claro que una serie de factores adicionales, quizás más generales y propios de la personalidad del escritor, también contribuyeron al abandono.

Entre ellos, sobresale el hecho de que Hemingway jamás se interesó en realizar una crítica literaria de corte académica, semejante a la practicada por los críticos de profesión. Incluso su desprecio por los representantes de ese gremio era bien conocido, y tanto, que él no perdía oportunidad, en público o en privado, de activar el volcán de sus insultos y de atacarlos con los venenosos dardos de sus metáforas (en *Las verdes colinas de África* los definió como "los piojos que se arrastran por la literatura"). Obviamente, en medio de la admiración que la mayoría de los críticos profesaba hacia Hemingway, algunos eran sensibles a los truenos del autor, y de vez en cuando le contestaban con un rencor abierto, burlándose de su machismo y de su condición de guerrero aventurero. Para otros menos rabiosos pero no por eso menos hostiles, la imagen de este cazador trotamundos y mujeriego contradecía la del artista riguroso, severo y disciplinado, cuidadoso en extremo del estilo y de la forma, y esa incongruencia les parecía una falta imperdonable desde el punto de vista de la coherencia ética o filosófica.

Para Hemingway, en cambio, el hecho mismo de que las diferentes facetas de su personalidad se interpretaran en términos de conflicto y como rostros incompatibles, sólo confirmaba la pobreza de criterios de estos profesionales y lo divorciados que estaban de la vida real.[60]

Aun así, este desprecio visceral por la crítica literaria no se puede confundir con un menosprecio por la *teoría* o la *reflexión* literaria. Al contrario, lo que Hemingway desdeñaba era la actitud *académica*, aquella que, para

---

[60] En la carta que le envió a Sherwood Anderson desde París, el 23 de mayo de 1925, Hemingway dio rienda suelta a su desprecio por los críticos de la siguiente manera: "All criticism is shit anyway. Nobody knows anything about it except yourself. God knows people who are paid to have attitudes toward things, professional critics, make me sick; camp following eunochs of literature. They won't even whore. They're all virtuous and sterile. And how well meaning and high minded. But they're all camp followers." ["Toda crítica es mierda de cualquier manera. Nadie sabe nada al respecto excepto uno mismo. Dios sabe que las personas a quienes se les paga por ejercer actitudes hacia las cosas, los críticos profesionales, me enferman; eunucos y prostitutas que siguen los ejércitos de la literatura. Ni siquiera putean. Son todos virtuosos y estériles. Y qué bien intencionados y elevados. Pero son todos prostitutas".] Carlos Baker ed., *Ernest Hemingway: Selected Letters, 1917-1961*, pp. 161-162. Sin embargo, la cúspide de esta relación minada de pasiones encontradas la alcanzó la pluma del conocido crítico Harry Levin. Ahí, el reconocimiento de los aportes de Hemingway a la prosa moderna gira en torno a la gruesa trenza de sus defectos como creador, y todo su análisis se ve salpicado con las pullas del novelista hacia los críticos, junto con los irónicos contragolpes de Levin. Recomiendo su ensayo "Observations on the Style of Ernest Hemingway", en *Memories of the Moderns*, New Directions Books, New York, 1980, pp. 81-104.

él, era sinónimo de rechazo vital, de disección más que comprensión, de estudios realizados por personas de espaldas al mundo, subsistiendo ocultas entre tomos polvorientos, viviendo a través de las vivencias de los demás, cómodamente amparadas tras sus cátedras universitarias, royendo los textos de los auténticos creadores como si fueran huesos para arrancar hilachos de sabiduría ajena. Eso no quiere decir, claro está, que los libros de Hemingway no reflejaran su pensamiento literario o sus brillantes y novedosas tesis con respecto al estilo, a las formas y a la estética en la literatura. Su misma obra encarna no sólo una, sino varias propuestas narrativas, y aunque nunca las expuso en ensayos de tipo académico, en casi todos sus libros las articuló y defendió con elocuencia, y ligadas, a menudo, a lúcidas observaciones acerca del trabajo de otros autores, y casi siempre acompañadas de la generosa exposición de su método de trabajo: o sea, sus secretos de escritor. Más aún, se puede decir que pocos autores han compartido tantas reflexiones sobre el arte de escribir como Hemingway, a tal punto que hace unos años se publicó un libro que recogía su bagaje de ideas y opiniones acerca del proceso creativo, editado por Larry W. Phillips y titulado, *Ernest Hemingway on Writing*.[61] Sin duda, en varios textos el autor hizo referencia a sus convicciones literarias, como en *A Moveable Feast*, cuando explicó por qué había suprimido el final del cuento "Out of Season", el suicidio del viejo, debido a su "nueva teoría" según la cual, si el autor de veras sabía lo que había omitido, esa parte fortalecía el relato y haría que los lectores sintieran

---

[61] Ernest Hemingway, *Ernest Hemingway on Writing*, Larry W. Phillips, ed., Scribner, New York, 1984.

algo más de lo que habían entendido.[62] Hemingway le puso nombre a esa teoría en *Death in the Afternoon*, y la denominó el "principio del Iceberg". La dignidad de movimiento de una gigantesca mole de hielo en los polos, decía, obedece a la gran masa sumergida que la sostiene, mientras que la punta que sobresale de la superficie es sólo una fracción de su volumen total. Igual sucede al escribir, argumentaba Hemingway. Hay que conocer en profundidad sobre lo que se está escribiendo, y en ese momento se pueden eliminar varios elementos, dejando apenas una mínima parte visible de la acción, pero esa porción estará apoyada sobre el vasto conocimiento del autor y así ganará en fuerza, pues lo eliminado reforzará la narración.[63] En cualquier caso, para un artista alérgico al análisis crítico, la idea de redactar un estudio académico de los géneros en prosa con el fin de elevar, a categoría artística, su forma nueva, era impensable.

Dicho sea de paso: la indiferencia por este tipo de estudio no es extraña en el mundo del arte. Bien sabemos que existen incontables creadores que, a su vez, han sido

---

[62] "It was a very simple story called 'Out of Season' and I had omitted the real end of it which was that the old man hanged himself. This was omitted on my new theory that you could omit anything if you knew that you omitted and the omitted part would strengthen the story and make people feel something more than they understood." Ernest Hemingway, *A Moveable Feast*, p. 54.

[63] Ernest Hemingway, *Death in the Afternoon*, p. 192. Esta tesis también la reiteró en la conocida entrevista de Hemingway con George Plimpton para *The Paris Review*. Ver *Writers at Work*, The Paris Review *Interviews* (2nd Series), edited by George Plimpton, New York, Penguin Books, 1979, pp. 215-239. Esta entrevista fue traducida en el libro *El oficio de escritor*, Biblioteca Era, México, 1986, pp. 201-221.

filósofos, catedráticos, ensayistas o teóricos de gran importancia. Los ejemplos abundan, y sólo mencionemos unos cuantos nombres al azar, como Edgar Allan Poe, Stefan Zweig, E. M. Forster, T. S. Eliot, Oscar Wilde, Vladimir Nabokov, Henry James, Thomas Mann, Milan Kundera y Tom Wolfe, mientras que, en castellano, no podemos olvidar las figuras de Jorge Luis Borges, Octavio Paz, Carlos Fuentes, Mario Vargas Llosa, Ernesto Sábato y Javier Marías, entre muchos otros. Sin embargo, también es frecuente encontrar lo contrario: artistas que jamás se muestran inclinados a redactar un ensayo filosófico, o que nunca se les ocurre publicar un análisis de tipo académico, como Faulkner y Hemingway. De cualquier modo, lo cierto es que en toda obra de arte, infaliblemente, laten las convicciones profesionales más profundas del creador. Si Picasso nunca se interesó en escribir un tratado para explicar su obra, por ejemplo, aun así en cada uno de sus lienzos están presentes sus ideas tan originales acerca del color, la composición, el lenguaje estético, el volumen, el tema y hasta sus inquietudes filosóficas, su concepción de la vida y de la historia del arte. Si esa suma de ideas (su estilo) fuera otra, su obra también sería distinta. En el caso de Hemingway sucede algo parecido. La ausencia de un ensayo formal no implica la ausencia de una visión de la forma. La prueba está, precisamente, entrelazada en sus obras, y sus ideas están materializadas en sus textos. Por esa razón, el editor Phillips anotó: "Hemingway escribió con frecuencia sobre el acto de escribir. Y escribió tan bien e igual de incisivo sobre la materia como cualquier escritor que haya vivido".[64]

---

[64] ["Hemingway wrote often about writing. And he wrote as well and as incisively about the subject as any writer who ever lived."] Larry W. Phillips, "Foreword", en Ernest Hemingway, *Ernest Hemingway on Writing*, p. xi.

No obstante, quizás nadie resumió con mayor claridad la paradoja de este escritor que tanto teorizó sobre el oficio de escribir pero sin llegar a ser jamás un teórico, como el periodista Eugene Jolas cuando conoció al autor en compañía de Gertrude Stein. "El señor Hemingway nos explicó sus teorías estéticas, aunque es el menos teórico de todos los escritores".[65]

Ahora, un último factor que explica el descuido de Hemingway por sus *sketches* y que indudablemente influyó en su posterior desamparo, fue la saludable irreverencia que el autor demostró por los géneros a lo largo de su vida artística. Y digo "saludable" a conciencia, porque esa actitud atrevida y audaz fue la que le permitió, justamente, experimentar, transformar y revolucionar las letras modernas. Desde muy joven, este escritor tuvo la lucidez de respetar las exigencias propias del texto, y no lo contrario, como repetidamente le ocurre a los novatos y casi siempre conduce a un fracaso literario. Es decir, en vez de que el texto se someta a los deseos, caprichos y cambios de humor del autor, Hemingway sabía que el secreto para escribir algo perdurable consiste en que el autor adivine la forma y la naturaleza de la historia, *y que la respete por encima de su propia voluntad*... pero sin jamás perder el control de la materia ficticia. Así, ciertas palabras, frases o imágenes, por bellas que suenen o por hermosas que parezcan, si no cumplen una función insustituible en el relato deben ser evitadas, y no importa qué tan grande sea la tentación de incluirlas. En efecto, hay un momento en el proceso creativo cuando la obra adquiere cierta autonomía y su diseño se impone, hasta un punto, sobre

---

[65] Michael Reynolds, *Hemingway: The Paris Years*, p. 208.

los antojos del artista, y es indispensable que el escritor aprenda, con humildad e inteligencia, a conocer y, más aún, a *obedecer* la voluntad del texto. En palabras de Hemingway: "Por bueno que sea el símil o la frase que tenga, si [el escritor] lo coloca donde no es absolutamente necesario e irreemplazable estará estropeando su trabajo por egoísmo. La prosa es arquitectura, no decoración de interiores, y el Barroco ya pasó".[66]

Igual sucedía con los géneros. Hemingway escribía como un jinete experto, soltándole las riendas al texto para que éste anduviera a su propio ritmo, pero a la vez reteniéndolas para que no lo fuera a tumbar la narración.[67] Su maestría como escritor se manifiesta en el hecho de que trabajaba sin que el género determinara el resultado final, y tenía el buen juicio como narrador para seguir el curso que la historia le exigía a medida que se iban aclarando sus contornos. Por ejemplo: si el texto requería más espacio de lo previsto, se lo cedía;

---

[66] ["No matter how good a phrase or a simile he [the writer] may have if he puts it in where it is not absolutely necessary and irreplaceable he is spoiling his work for egotism. Prose is architecture, not interior decoration, and the Baroque is over."] Ernest Hemingway, *Death in the Afternoon*, p. 191.

[67] No obstante, algunos argumentarán que, en más de una ocasión y en especial en sus últimos libros, Hemingway fue derrocado por la materia ficticia, y por eso dejó tanta obra inconclusa al morir. Así opina Lance Morrow: "Hemingway began [*The Garden of Eden*] in early 1946, but it ran away from him, swelling to hundreds of thousands of words. He tried over the years to cut it down and make it manageable, but it was still a mess when he died. An editor at Scribner's pruned the manuscript to a tight and coherent 65,000 words." Ver Lance Morrow, "A Quarter-Century Later, the Myth Endures," *Time*, New York, August 25, 1986, p. 41.

si solicitaba una forma nueva o una combinación de formas, las moldeaba según las necesidades; si clamaba por recursos audaces, no temía en aplicarlos así nadie lo hubiese hecho antes. Por eso, un cuento como "The Snows of Kilimanjaro" comienza con una nota informativa, casi periodística que, a primera vista, no encaja en el relato, pero a lo último se torna misteriosamente significativa. Igualmente, las primeras páginas de "A Natural History of the Dead" recuerdan un estudio científico sobre la muerte, pero luego se desenvuelve en una historia alucinante de crimen y venganza. Así mismo, cuando Hemingway fue contratado por la revista *Life* para escribir un artículo de 10.000 palabras acerca del famoso mano a mano entre los matadores Antonio Ordóñez y Luis Miguel Dominguín, durante el verano de 1959, el autor muy pronto intuyó que el texto rebosaría el formato establecido por los editores, entonces no dudó en mandarlos al demonio y acatar la voluntad del texto; a lo último, Hemingway no tenía entre manos un artículo de prensa sino un libro completo, cuyo primer borrador superaba las 120.000 palabras y que fue publicado, póstumamente, bajo el título *The Dangerous Summer*. Incluso uno de sus libros más populares y controvertidos en Europa, *Death in the Afternoon*, es parte tratado taurino, parte historia del arte y del toreo, parte novela o relato de ficción, parte reportaje de prensa, y hasta diccionario bilingüe del mundo de los toros. De manera que, si Hemingway tenía que escoger entre satisfacer el texto o respetar el género, invariablemente satisfacía el texto. Por ello, él no sólo escribió cuentos, novelas, teatro y periodismo, sino que mezclaba las formas sin pudor y según las exigencias de la materia, y de esa audacia salieron cuentos como piezas de teatro ("Today is Friday"), notas de prensa que se volvían epífanos (el

Chapter número III), epífanos que se volvían cuentos ("A Very Short Story", "Indian Camp"[68]), artículos periodísticos propios o ajenos que se convertían en relatos ("My Old Man"[69]), y hasta relatos que luego se agrandaban en novelas (*El viejo y el mar*).[70]

No obstante, una inquietud permanece sin resolver: si Hemingway no promocionó su descubrimiento formal (a pesar de saber muy bien lo que había inventado), ¿por qué no lo hicieron los críticos? Si la crítica aplaudió la calidad de las miniaturas,[71] y celebró la evidente economía de la prosa, la contundencia de la escritura, la intensidad emocional lograda sin el lastre de adjetivos superfluos, ¿por qué (salvo algunas excepciones) no destacó el rasgo más importante y significativo de las mismas, es decir, *su aporte a los géneros en prosa, la novedad y la autonomía de la forma*? Aquí, de la

---

[68] Jackson J. Benson, "Ernest Hemingway as Short Story Writer", en *The Short Stories of Ernest Hemingway: Critical Essays*, p. 289.

[69] Michael Reynolds, *Hemingway: The Paris Years*, pp. 58-61.

[70] Jackson J. Benson dice: "Hemingway should be given more credit than he has been given for constant experimentation and for the achievement of extensive variety in form and technique." ["A Hemingway se le debería dar más crédito del que se le ha dado por su constante experimentación y por sus extensivos logros en la variedad de formas y técnicas".] Ver Jackson J. Benson, "Introduction", en *The Short Stories of Ernest Hemingway: Critical Essays*, p. xiv.

[71] Cuando aparecieron estos textos en forma de libro, primero en 1924 y luego en 1925, recibieron la atención (y los elogios) de tanto críticos como autores, entre ellos algunos de los más destacados de las letras del momento, como Edmund Wilson, Paul Rosenfeld, Allen Tate, F. Scott Fitzgerald y D. H. Lawrence.

misma manera que le ocurrió a Hemingway, intervinieron varios factores, pero esta vez, principalmente, fueron dos.

En primer lugar, por asombroso que parezca, el simple hecho de carecer de un nombre y la ausencia de una etiqueta o de una categoría que *identificara* la forma nueva, la tornó invisible. Bien lo dijo el filósofo alemán Friedrich Nietzsche: "Esto es lo que mayor trabajo me ha dado y lo sigue haciendo: entender que *como se llaman* las cosas es, sin comparación, mucho más importante que lo que las cosas son". Y luego agrega: "Tal como son los hombres, éstos requieren un nombre para que algo les resulte visible".[72] Por supuesto, esto no es un fenómeno del todo extraño en el mundo de las letras. Como recuerda el famoso crítico Northrop Frye, así le ha ocurrido a buena parte de las formas más consolidadas en la historia literaria. "En casi todo período de la literatura", señala, "hay muchas confesiones, romances y anatomías que son ignoradas o descuidadas, simplemente porque las categorías a las cuales pertenecen no son reconocibles".[73] Un caso indiscutible que Frye enfatiza es el de James Joyce. La inexistencia de términos apropiados para describir sus innovaciones ocasionó una verdadera ceguera de apreciación crítica, una miopía que todavía persiste, inclusive, y llevó a desconocer aspectos esenciales del trabajo del maestro irlandés.

---

[72] Friedrich Nietzsche, *The Gay Science*, translated by Walter Kaufmann, Vintage Books, New York, 1974, fragmentos 58 y 261, pp. 121 y 218. El subrayado de la primera cita es de Nietzsche.

[73] Northrop Frye, *The Anatomy of Criticism; Four Essays*, Princeton University Press, Princeton, 1957, p. 312. Es oportuno agregar que, a juicio de Frye, las formas principales de la ficción en prosa son la novela, la confesión, la anatomía y el romance.

Por ejemplo, "el cuidado que Joyce empleó en organizar *Ulysses* y *Finnegans Wake*", advierte Frye, "creció hasta volverse casi una obsesión, pero como estas obras no están organizadas según los principios familiares de la ficción en prosa, la impresión de amorfia permanece".[74] Sin duda, la falta de perspicacia que marcó a tantos críticos frente a la autonomía formal de los epífanos de Hemingway, en parte se explica por esa razón: se trataba de un aporte original, inédito y novedoso (hecho, además, por un autor joven y desconocido) que, adicionalmente, carecía de un nombre propio y llamativo para designarlo, y de esta manera pasó desapercibido durante años. Más todavía: como dice Jackson J. Benson, "Early readers were simply not prepared to deal with Hemingway's short fiction… Hemingway's frustration came because the writing was good, and he knew it was good, but the form and the technique did not fit the preconceived ideas about short fiction held first by the editors and then later by the reviewers and critics". El mismo Hemingway diría al respecto: "All those strories back in the mail that came… with notes of rejection that would never call them stories, but always anecdotes, sketches, contes, etc. They did not want them".[75] Además, debido a que el mismo Hemingway se refirió a sus miniaturas con un vocablo equívoco y desafortunado, o sea, el vago térmi-

---

[74] ["The care that Joyce took to organize *Ulysses* and *Finnegans Wake* amounted nearly to obsession, but as they are not organized on familiar principles of prose fiction, the impression of shapelessness remains."] *Ibíd.*, p. 313.

[75] "Los primeros lectores simplemente no estaban preparados para aceptar la ficción corta de Hemingway… La frustración de Hemingway se debía a que la escritura era buena, y él sabía que era buena, pero la forma y la técnica no se ajustaban a las ideas preconcebidas sobre la ficción corta

no *sketch* con sus resonancias forzosas de boceto, de texto inacabado y a medio hacer, como el borrador que se prepara para la obra posterior que será completa y definitiva, eso también contribuyó a confundir el panorama y a enterrar la verdad. Pero no sólo eso: como el autor no les puso títulos a sus *vignettes* sino números, eso comprometió aún más la identidad de estos textos, les restó dignidad y respeto, y agravó la dificultad de reconocer su solidez formal. Por lo tanto, la falta de etiquetas reconocibles y adecuadas para nombrar la forma nueva, sorprendentemente, la terminó por ocultar bajo un velo de anonimato.

En segundo lugar, luego de publicar *In Our Time* y *The Sun Also Rises*, Hemingway despegó en el mundo literario con la velocidad de un cohete. Tanto, que en 1927 (sólo cinco años después de haber *iniciado* sus viñetas) Edmund Wilson comentaría, con cierto desaliento, que la reputación del escritor había adquirido tales proporciones que ya se había puesto de moda hablar mal de él y descalificarlo.[76] En efecto, casi de inmediato Hemingway se convirtió en un autor exitoso, célebre, aplaudido por su refrescante estilo que procuraba recuperar el valor perdido de las palabras comunes aunque gastadas, y sus cuentos (que hasta

que primero sostenían los editores, y luego los críticos y comentaristas". El mismo Hemingway diría al respecto: "Todos esos relatos que regresaban en el correo… con notas de rechazo en donde nunca los denominaban cuentos sino siempre anécdotas, bocetos, contes, etc. No los querían". Jackson J. Benson, "Ernest Hemingway as Short Story Writer", en *The Short Stories of Ernest Hemingway*: Critical Essays, p. 303.

[76] "The reputation of Ernest Hemingway has, in a very short time, reached such proportions that it has already become fashionable to disparage him." Edmund Wilson, "New Republic" 14 de diciembre de 1927, en *Hemingway: The Critical Heritage*, p.112.

entonces habían sido rechazados por docenas de revistas) recibieron los elogios de tanto críticos como lectores. El poeta Archibald MacLeish sintetizó la carrera de su amigo en los siguientes términos: "Famoso a los veinticinco: a los treinta un maestro".[77] Por eso, la bienvenida revolución que implicó la prosa de Hemingway y que se manifestó en ese par de libros, paradójicamente, opacó la importancia de sus libros anteriores. Fue tan profundo y estremecedor lo que logró este autor con sus cuentos y su primera novela (una de las invenciones estilísticas más influyentes de las letras contemporáneas, con su escritura desprovista de adornos vacuos y arandelas inútiles, la potencia y la sinceridad de su voz y, ante todo, la transparencia de sus frases), que el público y los académicos se volcaron al tiempo para analizar, estudiar y admirar esa vasta cantidad de aportes. Era una prosa nueva, apropiada para nuestro mundo moderno; un estilo caracterizado por la escritura concisa y cristalina, los diálogos directos y verosímiles, la economía de recursos y los deslumbrantes efectos narrativos, y todo eso hizo que volara bajo el radar de los críticos (por así decirlo) lo que el autor había logrado poco antes con sus epífanos. Por cierto, algo similar le pasó a García Márquez luego de publicar *Cien años de soledad*: fue tal el éxito de esa novela en nuestro idioma, que durante años sus textos anteriores quedaron sepultados bajo la avalancha de atención que desató esa obra maestra. Como dice Jacques Gilard, los libros previos a *Cien años de soledad*, incluso uno tan extraordinario como *El coronel no tiene quien le escriba*, sufrieron "una especie de ostracismo" a causa del ruido abrumador que brotó en torno a esa novela.

---

[77] ["Famous at twenty-five: thirty a master."] Carlos Baker, *Hemingway: The Writer as Artist*, p. 21.

No obstante, entonces ocurrió una paradoja: la misma obra que desterró los primeros libros de García Márquez y los condenó al olvido, también los terminó por recuperar. "Es el caso singular de una obra capital rescatada y opacada a la vez por otras obras capitales", aclara Gilard.[78] En suma, en el caso particular de Hemingway, fueron sus mismas novedades estéticas y temáticas, irónicamente, las que llevaron a ensombrecer otro de sus aportes fundamentales, el que había presentado en su volumen de prosa corta, *in our time*: una alternativa inédita para escribir ficción.

Sin embargo, hay que precisar que la innovación formal de Hemingway no pasó inadvertida por todos los críticos. Ya vimos que Edmund Wilson, quizás el crítico norteamericano más importante de su tiempo, impresionado por la fuerza de las miniaturas y por la originalidad de su forma, se atrevió a sugerir esa tesis por primera vez, y hasta se aventuró a decir: "Hemingway casi ha inventado una forma propia".[79] Por su lado, Michael Reynolds, uno de los mejores biógrafos del autor, en el segundo de los cinco volúmenes que escribió sobre la vida de Hemingway, el que describe precisamente sus años en París, en cuatro ocasiones identifica los *sketches* del escritor con una forma nueva.[80] Por último, Jim Barloon, en su excelente

---

[78] Gabriel García Márquez, *El coronel no tiene quien le escriba*, con introducción de Jacques Gilard, Círculo de Lectores, Bogotá, 1974, pp. VI y VIII.

[79] Ver nota 49.

[80] "Hemingway went by rue de Fleurus to show Gertrude his new short form…" ["Hemingway pasó por la rue de Fleurus para mostrarle a Gertrude su nueva forma corta…".]; "He now had three stories finished… but they were not as exciting as his new form". ["Ahora él tenía tres cuentos terminados… pero no eran tan emocionantes como su nueva forma".];

ensayo sobre las miniaturas de Hemingway, coincide con la opinión de Wilson, y con precaución lo cita para unirse a su sugerencia y reiterar su consentimiento: "Incluso uno podría argumentar, como lo hizo Edmund Wilson tan pronto como 1924 en una reseña de *Three Stories and Ten Poems* (1923) e *in our time* (1924), que 'en las secas y comprimidas viñetas de *in our time*,' Hemingway 'casi ha inventado una forma propia'".[81]

No obstante, a pesar de aquellos reconocimientos tan importantes, también es verdad que en todos se percibe cierta reticencia, cierta cautela, cierta indecisión para decirlo de frente y proclamarlo a los cuatro vientos: aquí Hemingway inventó una forma nueva en prosa. Sólo podemos especular acerca del porqué de estas dudas, y por qué los aplausos sinceros están matizados por esas sutiles evasivas. ¿A lo mejor como críticos profesionales les parece demasiado grande el aporte para señalarlo sin titubeos? Sabemos que una cosa es escribir un libro genial, como lo hizo Fitzgerald con *El gran Gatsby* o el mismo Hemingway con *The Sun Also Rises*, y otra es, además, introducir cam-

---

"Hemingway began to mold his experience into the new form…" ["Hemingway empezó a amoldar su experiencia en la forma nueva…"]; "What Bird had in mind for Hemingway's new form…" ["Lo que Bird tenía en mente para la nueva forma de Hemingway…"]. Ver Michael Reynolds, *Hemingway: The Paris Years*, pp. 118, 122, 124 y 151, respectivamente.

[81] ["One could even argue, as Edmund Wilson did as early as 1924 in a review of *Three Stories and Ten Poems* (1923) and *in our time* (1924), that 'in the dry compressed little vignettes of *in our time*' Hemingway 'has almost invented a form of his own'".] Jim Barloon, "Very Short Stories: The Miniaturization of War in Hemingway's *in our time*", in *The Hemingway Review*, Vol. 24, No. 2, Spring 2005, pp. 5-17.

bios reales en el campo de la narración, como lo han hecho unos cuantos escritores, empezando con Hemingway. Pero otra cosa muy distinta es inventar una forma nueva, una opción fresca en prosa, ya que eso lo han logrado muy pocos autores. Sea como sea, quizás eso explica, en parte, las vacilaciones de estos críticos al celebrar los *sketches* de *in our time*.

En todo caso, Hemingway sabía que él había hecho un descubrimiento de gran valor, y por eso lo manifestó con tanta seriedad, pero su oportuna irreverencia por los géneros, junto con todos los demás factores que hemos mencionado, lo llevó a continuar su camino sin detenerse con la paciencia necesaria para consolidar la validez de su innovación. La pregunta clave: "¿por qué descuidó ese aporte en el campo de la prosa si era consciente de su importancia?" encuentra allí su respuesta. El mismo atrevimiento (osadía, capacidad de invención, experimentación, libertad) que lo llevó a vislumbrar una forma nueva, también lo llevó a seguir creando sin demorarse en su propio hallazgo, como un conquistador que, apenas ocupado un nuevo territorio, alista naves para lanzarse al mar en busca de otras tierras ignoradas.[82]

---

[82] Al leer la correspondencia de Hemingway, uno de los rasgos de su personalidad que claramente aflora es su infatigable capacidad de trabajo y su deseo de innovación. El autor no había terminado un proyecto cuando ya tenía uno o varios más entre cejas. Así, al concluir los epífanos, saltó a los cuentos; mientras tanto, en menos de dos semanas escribió una sátira (*The Torrents of Spring*); luego retomó los cuentos, y en seguida escribió, a una velocidad sorprendente, *The Sun Also Rises*. De ahí en adelante, hasta que la salud se lo permitió, Hemingway trabajó como un desaforado, aumentando sus conquistas en vez de recostarse en ellas.

Esta insaciable sed de exploración que torna cualquier descubrimiento motivo eventual de indiferencia, por lo demás, tampoco es ajena a los grandes maestros de las formas. Cervantes, por ejemplo, a pesar de haber fundado la novela moderna, murió sin haberse dado cuenta de la dimensión de su obra, y, como anota Carlos Fuentes, "pensó que sólo había escrito una sátira de las novelas de caballería".[83] Igualmente, Flaubert, como dice Vargas Llosa, "no parece haber sido consciente de la importancia de su gran hallazgo: el estilo indirecto libre".[84] Y autores como T. S. Eliot, Faulkner, Proust y Kafka, aunque creadores poderosos, lúcidos y sabios, tampoco parecen haber sospechado, a cabalidad, su verdadero alcance en las letras modernas. En fin, ya lo dijo Pursewarden, el personaje de Lawrence Durrell en

---

[83] Carlos Fuentes, *Cervantes o la crítica de la lectura*, Cuadernos de Joaquín Mortiz, México, 1976, p. 13.

[84] Mario Vargas Llosa, *La orgía perpetua*, p. 237. Vargas Llosa se refiere al recurso de Flaubert por medio del cual el narrador omnisciente se acerca tanto al personaje "que las fronteras entre ambos se evaporan" (*ibíd.*, pp. 237-238), y de esa manera el lector se aproxima a la interioridad del personaje como nunca lo había hecho antes en literatura. Este mecanismo, que después sería llevado a extremos más audaces por Virginia Woolf y James Joyce y, por último, William Faulkner, "significó el primer gran paso de la novela para narrar directamente el proceso mental, para describir la intimidad, no por sus manifestaciones exteriores (actos o palabras), a través de la interpretación de un narrador o un monólogo oral, sino *representándola* mediante una escritura que parecía domiciliar al lector en el centro de la subjetividad del personaje." (*Ibíd.*, p. 241).

[85] ["Great stylists are those who are least certain of their effects."] Lawrence Durrell, *Clea*, E. P. Dutton, New York, 1961, p. 133.

El cuarteto de Alejandría: "Los grandes estilistas son los que están menos seguros de sus efectos".[85]

LA NUEVA FORMA

De modo que Hemingway era consciente de que había dado con una forma singular. Cuando empezó a escribir las viñetas y al ver que éstas crecían de extensión, se dio cuenta de las propiedades tan particulares de las mismas, y, semejante al perro de caza que ha detectado el rastro de su presa, también se dio cuenta de que él andaba tras la pista de algo especial.[86] Cuando afirmó en Toronto (adonde había viajado, como vimos, el 26 de agosto de 1923), con una seriedad que impresionó al periodista del *Toronto Star*, Greg Clark, que él había descubierto una forma nueva, y a su vez se lo comentó a varias personas en las oficinas del diario mientras les mostraba las pruebas de sus *sketches* enviadas desde París por Bill Bird,[87] Hemingway expresó una visión de sus textos que no era casual o improvisada. Por el contrario, él estaba seguro de la calidad de sus textos, y también lo estaban sus maestros de cabecera, empezando con el más influyente de todos, Ezra Pound. Y tanto que,

---

[86] Hablando del proceso de creación de las *vignettes*, Michael Reynolds dice: "When the longer parragraphs began to develop, Ernest saw he was on to something". Michael Reynolds, *Hemingway: The Paris Years*, p. 114.

[87] "He was 'deadly serious' about his writing. When he got the proof sheets of *in our time* from Bill Bird, he brought them round to the office saying, 'I've discovered a new form.'" Carlos Baker, *Ernest Hemingway: A Life Story*, p. 157.

como dice Jackson J. Benson, "Pound le recomendó Hemingway a Ford como 'el más fino estilista en prosa del mundo' y dijo que las viñetas que se publicaron en *in our time* contenían la mejor prosa que él había leído en cuarenta años".[88] Más aún, en las cartas que le escribió al poeta, con quien revisó los temas y el orden de las 18 piezas que conformarían *in our time*, es evidente que la novedad formal de sus miniaturas era un aspecto del cual Hemingway estaba convencido, y que se aplicaba no sólo a los textos en sí mismos, sino también al libro en general. Así se lo manifestó al poeta el 5 de agosto de 1923, sólo días antes de que terminara el manuscrito: "[the book] has form all right".[89]

Entonces la pregunta que resta es: ¿cuáles son las características de esta forma nueva, el epífano, y cuáles

---

[88] ["Pound recommended Hemingway to Ford as 'the finest prose stylist in the world' and said of the vignettes which were published as *in our time* that they contained the best prose he had read in forty years."] Jackson J. Benson, "Ernest Hemingway as Short Story Writer", en *The Short Stories of Ernest Hemingway: Critical Essays*, p. 306.

[89] ["(El libro) tiene forma sin duda".] Carlos Baker, ed., *Ernest Hemingway: Selected Letters, 1917-1961*, p. 92. En la nota de pie de página de esa carta, Baker hace una observación relevante: "EH [Ernest Hemingway] here attempts to prove that the eighteen miniatures composed for the Paris *in our time* show rough formal patterns. It is clear that he has been consulting Pound about content and order." En otras palabras, no sólo Hemingway, Edmund Wilson y Bill Bird creían en la autonomía estética de las miniaturas, como afirmamos más arriba; sin duda, Ezra Pound se incluía dentro de este grupo de admiradores. De no haber sido así, por supuesto, no las habría publicado en su "Inquest" de la prosa moderna en inglés.

son los atributos que la diferencian de las demás alternativas en prosa?

Con base en lo que hemos visto hasta el momento, podemos proponer la siguiente definición: el epífano es una ficción corta, en prosa, cuyo objetivo no es contar una historia (con un comienzo, medio y fin), sino arrestar un hecho, un suceso, una acción o un instante que el autor considera profundamente revelador, especialmente significativo, capaz de iluminar, gracias a una inesperada fusión de detalles y a pesar de su fugacidad, rasgos sobresalientes de la vida o de la condición humana y que difícilmente se podrían detectar, con claridad comparable, en períodos más largos de tiempo.

De esta definición se desprenden varios puntos que debemos examinar detenidamente.

El epífano no es un fragmento

En estricto sentido, toda obra de arte forma parte de algo superior. Entre otras cosas: la producción completa del artista, las tendencias y costumbres de su época, el contexo histórico y la tradición de su oficio. Sin embargo, aquí conviene pisar con cuidado. El hecho de que toda creación esté integrada en un tejido mayor no significa que aquélla sólo sea un apéndice o un fragmento del mismo, porque tanto el apéndice como el fragmento (a diferencia de la obra autónoma) requieren de ese contexto para adquirir la plenitud de su sentido. De la misma manera que los trozos de los pergaminos rescatados por los arqueólogos, en los que el tiempo y los elementos han hecho estragos, esas partículas frágiles y quebradizas son difícilmente comprensibles, pues parecen palabras y sentencias aisladas y la ausencia del resto del manuscrito, devorado por el implacable paso de los siglos, las torna indescifrables. Por esa razón, los fragmentos, semejantes a los vestigios del pergamino, son textos incompletos.

En cambio, la obra soberana y autónoma, aunque forme parte de algo superior como un horizonte creativo o histórico, no necesita que se conozca ese horizonte para que la misma se aprecie, se disfrute y, más importante todavía, se entienda. Ya hablamos del trabajo de Goya y de Miguel Ángel. Y sí, la apreciación de una obra está ligada a su conocimiento, y cuanto más se sabe del artista, de su trabajo, de su tradición y de su tiempo, más se podrá valorar el lienzo, la escultura o el dibujo. Pero lo importante es que no es *necesario* conocer ese contexto para que la obra manifieste su sentido. Si la persona no sabe nada de la pintura española del siglo XVIII, o de aquel milagro de las artes que fue el Renacimiento, y aun así se detiene frente a *Los fusilamientos* de Goya o a la *Pietà* de Miguel Ángel, con seguridad comprenderá de qué trata el lienzo o la escultura, y sentirá una profunda emoción al contemplar esas obras maestras. Eso no ocurre con el fragmento, el cual se entiende a cabalidad sólo cuando se integra en el gran rompecabezas del que participa, junto con las demás piezas que lo rodean.

En cualquier caso, en literatura el fragmento (como su nombre lo indica) es un texto que pertenece a otro mayor y del cual forma parte.[90] Es decir, no es un escrito autónomo,

---

[90] El *Diccionario de la Real Academia Española* define el fragmento así: "(Del lat. *fragmentum*.) m. Parte o porción pequeña de algunas cosas quebradas o partidas... 4. fig. Parte que ha quedado, o que se publica, de un libro o escrito". Y el *Diccionario de uso del español*, de María Moliner, al circunscribir el fragmento a la literatura, anota: "Escrito incompleto, por haberse perdido o no haberse publicado las otras partes".

pues su misma existencia está ligada a la obra que la incluye. Tampoco es autosuficiente, pues no se basta a sí mismo y requiere de algo más, como puede ser una lectura adicional, para ser apreciado. En otras palabras, el fragmento sólo adquiere y cobra la plenitud de su significado cuando es visto en el interior de aquello que lo supera y contiene; sin esa lectura o explicación complementaria, lograda a través del contacto con algo distinto del fragmento mismo (los demás fragmentos, por ejemplo, o el resto del cuento o de la novela), su valor y su significado se verán truncados, mutilados. Así, se trata de un trozo literario que está unido, a la fuerza, al marco que lo rodea y al contexto que lo completa. Por esa razón, es un escrito *dependiente*.

El epífano, en cambio, al igual que el cuento y la novela, aspira tanto a la autonomía como a la autosuficiencia. Cada epífano es una unidad narrativa, un texto soberano, acabado, completo, que no está atado a ningún escrito superior y tampoco requiere de nada ajeno a sí mismo para ser plenamente apreciado o disfrutado. Al contrario: el epífano debería bastarse por sí solo, y su sentido y su valor no pueden depender de una lectura o de una ilustración adicional. Mejor dicho, debe tener la suficiente fuerza y estar lo necesariamente redondeado para que se pueda levantar sobre sus propios pies; en el caso de que precise de ayuda externa, su misma calidad quedará cuestionada.

Lo cual es lógico: la pretensión de autonomía y autosuficiencia es común en toda obra de arte. La creación lograda impone su realidad y resulta persuasiva, verosímil y convincente por sus propios medios; si ha de ser forzosamente comparada con el mundo exterior o apoyada en algo diferente para expresar su verdad o alcanzar su individualidad, habrá fracasado. Claro: hablamos de autonomía y no de independencia a propósito, pues ningún objeto de arte es independiente; tarde o temprano, como ya dijimos, constituye una pieza entre miles inseparables del enorme crucigrama que es la historia humana. Aun así, lo esencial no es que sea una ficha más de aquel acertijo (lo cual es inevitable), sino que se pueda gozar por separado, sin que su coherencia y su sentido dependan del conocimiento, previo o posterior, del contexto del cual forma parte. Tomemos el caso de *Crimen y castigo*, una novela que representa un monumento en la historia de la literatura. Sin embargo, el lector no tiene que estudiar esa vasta historia para disfrutar la novela de Dostoievsky, y aunque tampoco es independiente (pues sin remedio está unida a las obras que la precedieron y siguieron), sí es autónoma y autosuficiente, ya que sólo requiere de su lectura para ser entendida y apreciada. En suma, es un texto soberano.

Esta autonomía y esta autosuficiencia son impensables en el fragmento. Debido a que es un texto incompleto, su sentido último se pierde si el lector no acude al ámbito que lo integra. En cambio, para competir en términos de validez formal con el cuento y la novela, el epífano demanda la autonomía como requisito de su individualidad, y la autosuficiencia como fundamento de su soberanía.

Hemingway, por ejemplo, estaba convencido de que sus *sketches* poseían esa cualidad definitiva, la prueba de rigor que debe pasar toda obra de arte. Y nada lo demuestra más que el largo proceso de creación de las miniaturas. Es decir: el hecho de que Hemingway hubiera publicado las viñetas por separado, de que las hubiera compartido con sus tutores más severos y exigentes, de que enviara las primeras seis para que figuraran en una de las revistas literarias más importantes de la época, de que se las hubiera ofrecido a Ezra Pound para la serie que Bill Bird estaba preparando en su editorial, de que las hubiera publicado tres veces en total, y de que las hubiera corregido tantas veces y durante tantos años, confirma la soberanía de sus epífanos. Como dice Jim Barloon: "Hemingway creía que cada viñeta se podía parar sola, sin acompañamientos, lo que no significa negar su efecto acumulativo. Incluso la historia de su publicación sugiere la fe que Hemingway tenía en su autonomía".[91]

Tampoco es una anécdota

Lo que distingue al epífano de una anécdota es su carácter especial. En otras palabras: su singularidad. Todos tenemos innumerables anécdotas qué contar, pero ser testigo de un instante que rebosa su inmediatez, preñado de resonancias profundas, capaz de condensar más sentido y mayores significados de la condición humana que otros espacios más grandes de tiempo, es un prodigio fugaz y exclusivo que ocurre pocas veces en nuestra vida.[92] Por lo tanto, para detectar el hecho, acto o momento que constituye el tema central del epífano, se

---

[91] ["Hemingway believed each vignette could stand alone, unaccompanied, which is not to deny their cumulative effect. Even their publishing history suggests Hemingway's faith in their autonomy."] Jim Barloon, "Very Short Stories: The Miniaturization of War in Hemingway's *in our time*", in *The Hemingway Review*, p. 12.

[92] Es posible que la distinción entre instantes comunes y especiales sea una falacia, y que todo momento es un segundo supremo, por el simple hecho de que pertenece al diario e inexplicable milagro que es la vida. Así lo anotó Borges en el prólogo de *El oro de los tigres*: "Para un verdadero poeta, cada momento de la vida, cada hecho, debería ser poético, ya

necesita una mirada alerta, una mínima sensibilidad y, más que nada, mucha suerte: estar en el lugar indicado y en el segundo indicado. En cambio, no se precisa de nada en particular para experimentar una anécdota, salvo tiempo. La diferencia, entonces, es cualitativa.

Desde luego, los momentos o los sucesos que Hemingway captó en su prosa no eran triviales. Por el contrario, el autor los escogió e intentó eternizarlos precisamente porque creía que eran irrepetibles, únicos y mágicos, destacados y sobresalientes por el hecho de que alumbraban, con claridad inusitada, corredores secretos del corazón humano. De ahí que la observación de Marjorie Reid anteriormente citada sea tan pertinente: los *sketches* de Hemingway no recogen un momento cualquiera, sino aquellos en los que *la vida aparece condensada y significativa*. Pero, ¿cuáles son esos momentos cardinales? ¿Quién los define? Depende del juicio de cada autor, de su criterio y de su talento para recrear el instante seleccionado, haciéndolo de tal manera que el lector o la lectora, al concluir su examen del epífano, lo sienta "detonar como una granada en el interior de su cabeza", y en efecto reconozca su relevancia, su particularidad, su *singularidad*. Su carácter especial. La anécdota, entre tanto, por ser más ligera y banal, más superficial y pasajera, aunque graciosa o curiosa, carece de la hondura para expresar un rasgo descollante de la experiencia humana.

---

que profundamente lo es. Que yo sepa, nadie ha alcanzado hasta hoy esa alta vigilia". Sin embargo, tal como afirma el maestro argentino, vivimos sin llegar a percibir esa magia a cada paso, y si lo hiciéramos, tal vez no sería una fortuna sino un deslumbramiento abrumador.

A fin de cuentas, y pese a la impresión, al dolor, al miedo o al asombro que sentimos al registrarlo, es un privilegio presenciar un acontecimiento que tenga la materia prima de un epífano. Y por eso el autor debe comunicar, mediante su destreza y su escritura, esa misma sensación a quien lo lee, para que la persona perciba, al concluir el texto, que también ha sido un privilegio conocer ese instante revelador. Ese momento decisivo. Sin duda, así nos sucede con las fotografías de Henri Cartier Bresson. Y así nos sucede con los epífanos de Ernest Hemingway.

¿Por qué no es un cuento o un mini-cuento?

La función principal de un cuento, como bien se sabe, es contar una historia.[93] En ese sentido, su misma existencia representa una transgresión al orden natural de las cosas, porque en la naturaleza no encontramos las fronteras de las historias, ni hay nada que encarne un comienzo, un medio o un fin. Lo que hay, en cambio, es un movimiento incesante, un constante devenir, un desenvolvimiento indetenible de la vida y de la materia. Los imperios surgen y desaparecen, y los pueblos nacen y mueren al igual que las personas, pero la carne continúa, se desintegra y renace de mil maneras posibles. En consecuencia, las orillas de las historias son siempre

---

[93] Por "historia" entiendo la definición de Aristóteles: "La historia como una imitación de la acción, debe representar una acción completa y total… Ahora un todo es lo que tiene principio, medio y fin". Ver *El arte poética*, Capítulo III, sección 5.

aleatorias y, más aún, falaces. Por eso Borges agregó, entre las cosas 'por las que quiso dar gracias al divino Laberinto de los efectos y de las causas': "Por la mañana, *que nos depara la ilusión de un principio*". En verdad, el comienzo y el final de cada relato son apenas eso: ilusiones. Y los límites que posibilitan el surgimiento de toda historia y que resultan necesarios para su misma existencia, son abstracciones, factibles únicamente por obra y gracia de la mente humana. No olvidemos el comienzo de la hermosa novela de Graham Greene, *The End of the Affair*: "Una historia no tiene comienzo o fin: arbitrariamente uno escoge aquel momento de la experiencia desde el cual se mira hacia atrás o se mira hacia adelante".[94]

Ésa es, por lo tanto, la primera tarea de todo escritor: adivinar los contornos de su historia. Y no sólo del escritor: de cualquier artista y, más todavía, de cualquier persona que se dispone a compartir un relato o un suceso. La vida es imposible de representar en su estado natural e incesante, y sólo se puede comunicar de manera artificial y fraccionada. Por ello, aquellos límites ficticios que la persona traza en la tierra de su experiencia constituyen líneas indispensables pero arbitrarias (como anotó Greene) que obedecen al perentorio deseo de resumir, separar y aislar, a la necesidad de volver comprensible lo vivido. Ese deseo es tan antiguo como el hombre mismo, porque así acuda a gestos, signos, colores, palabras o escritura, sin

---

[94] ["A story has no beginning or end: arbitrarily one chooses that moment of experience from which to look back or from which to look ahead."] Graham Greene, *The End of the Affair*, Penguin Books, Middlesex, England, 1951, p. 7.

aquellas fronteras falsas pero necesarias, la experiencia humana sería incomunicable.

Si esto es cierto para toda persona desde la época de las cavernas hasta hoy, lo es todavía más para el artista. El tema del arte ha sido, principalmente, la experiencia humana.[95] No obstante, como el artista no puede comunicar de un solo golpe la totalidad de esa experiencia, se ve obligado a seleccionar un pedazo de la misma para extraerlo del caos natural con el fin de ordenarlo y darle sentido.[96] Y esa selección consiste en declarar de manera implícita: "comenzaré mi relato en este punto, y lo terminaré en este otro". Se trata de un proceso de fraccionamiento que se pone en marcha cuando le contamos al vecino un episodio trivial de nuestra vida, pero también cuando Leonardo da Vinci fija los bordes de la *Mona Lisa* y cuando Miguel de Cervantes escribe el *Quijote*. Sin embargo, también es el impulso original que lleva al creador a buscar la forma, porque la forma en el arte funciona como una red que atrapa instancias de lo humano, y ayuda a trazar las líneas que dividen su vasta experiencia.

Así es. Las formas en el arte se diferencian entre sí *por la dimensión de la experiencia humana que pueden abarcar*. Y de la misma manera que existen diferentes clases de redes, con sus respectivos grados de extensión y

---

[95] "There is one main subject of poetry, it is the human experience." William H. Race, *Classical Genres and English Poetry*, Croom Helm, London, 1986, p. XIV.

[96] Al contar una historia, introducimos un orden artificial, limitado, que no se identifica con el natural, aquel regido por el azar o por un plan divino que los mortales no podemos esclarecer.

resistencia, aptas para atrapar diferentes tipos y tamaños de peces, las formas también ostentan sus propias medidas y virtudes, las que les permite capturar diferentes rangos y aspectos de la inagotable experiencia humana. En cada campo de arte las formas disponibles representan, ante todo, perspectivas que enfocan facetas de lo humano, facetas que, desde otras perspectivas (otras formas), desaparecen para dejar al descubierto nuevos rostros. En el campo de la literatura, y de la prosa en particular, esta situación es definitiva, pues *cada forma justifica su existencia en cuanto consolida una perspectiva irreemplazable, y en cuanto permite enfocar una faceta de la gran experiencia humana.*

Por ello, cuando el narrador desea retratar esa experiencia en su dimensión más vasta y compleja posible, recreando un mundo a la manera de William Faulkner con el condado de Yoknapatawpha, o de Lawrence Durrell con la ciudad de Alejandría, o de Gabriel García Márquez con el pueblo de Macondo, o de Juan Rulfo con el universo de Comala, un mundo en el cual se cruzan varias historias con una multiplicidad de episodios y poblados con varios personajes, acude a la novela. Cuando el diafragma de su atención se restringe y apunta su mirada hacia una dimensión más reducida de aquella experiencia pero todavía compuesta por más de una historia, y todavía con más de un personaje, acude a la novela corta o *nouvelle.* Cuando procura atrapar una sola historia redonda y completa, una unidad narrativa con comienzo, medio y fin, aunque abierta o cerrada pero en todo caso perteneciente a un espacio más pequeño de la gran experiencia humana, acude al cuento. Por último, cuando intenta congelar ya no una historia sino un instante o un suceso que estima revelador y elocuente, autosuficiente, capaz de iluminar rasgos esquivos pero culminantes de la condición del hombre, acude al epífano. En otras palabras, aunque es evidente que las formas en prosa no tienen el mismo tamaño (una novela es más grande que una novela corta, y ésta es mayor que un cuento, y éste es más extenso que un epífano), lo que las diferencia en *esencia* no es el número de páginas que las integra, sino la dimensión de la experiencia humana que pretenden abarcar.[97]

Ahora, el hecho de que un texto tenga una forma u otra es un asunto de importancia, porque nuestra disposición como lectores depende del género en el cual están escritos los textos. Esto es algo que seguramente todos hemos vivido en carne propia. Nos dirigimos al teatro con un estado de ánimo particular si vamos a ver una película de acción, de ciencia ficción, de terror, una comedia, un drama o un romance. Igual sucede en la literatura. Cuando alguien se dispone a leer un libro, su actitud (y por ende su lectura) será una u otra si de antemano sabe que el mismo es un volumen de

---

[97] En la actualidad, definir los géneros según su tamaño resulta insatisfactorio, pues ese tipo de análisis subraya los aspectos meramente externos de los mismos, al tiempo que pierde de vista sus diferencias fundamentales. Así, cuando Enrique Anderson Imbert afirma: "La diferencia más patente entre novela y cuento es la extensión", dice algo cierto, pero a la vez desconoce esas diferencias esenciales que predominan entre las dos formas. (Ver Enrique Anderson Imbert, *Teoría y técnica del cuento*, Editorial Buenos Aires, Ediciones Marymar, Buenos Aires, 1979, p. 27.) Ahora, no sobra precisar que, por el hecho de que cada forma se apropia de una dimensión de la experiencia humana, no existe una jerarquía valorativa entre esas dimensiones. La novela abarca un espacio más vasto que el cuento, pero no por eso es una dimensión superior, sino simplemente diferente.

poesía, o un libro de ensayos, una colección de cuentos, o un texto escolar, un tratado de ciencia o una novela. Obviamente ignorará el contenido del libro, pero el género le dará una idea de lo que debe esperar y de lo que puede encontrar. Como señaló Eva Hoffman: "La designación de un libro importa porque enmarca nuestras expectativas e influye nuestra manera de leer".[98] Es cierto. Nuestro estado de ánimo como lectores está sujeto al tipo de libro que tenemos entre manos, y se modifica cuando cambia el material de lectura. Casi todo gira en torno al género: el tiempo que apartamos para la lectura, el lugar en donde consumimos el libro (el bus, el sillón, la cama, el escritorio), y hasta nuestras expectativas de lo que vamos a descubrir. Por eso dice Francisco Rodríguez: "El concepto de género es fundamental en cualquier teoría literaria porque implica cómo piensa el lector los textos que enfrenta. Si, por ejemplo, concibe una producción textual como novela, drama, poesía, etc., le asignará una serie de características específicas (cierta extensión, cierto tipo de organización formal, etc.) que pertenecen a su horizonte de expectativas, el cual es explicable de acuerdo con el momento histórico de dicho lector".[99]

En cualquier caso, el epífano se aparta de las demás alternativas en prosa no sólo por su brevedad sino por su naturaleza. En realidad, las formas literarias se definen,

---

[98] ["A book's designation matters because it frames our expectations and influences the way we read."] Eva Hoffman, "True to Lie?", *Time*, June 14, 1999, p. 145.

[99] "La noción de género literario en la teoría de la recepción de Hans Robert Jauss" por Francisco Rodríguez, en *Revista Comunicación*, Escuela de Ciencias del Lenguaje, Instituto Tecnológico de Costa Rica.

ante todo, por su propósito,[100] y si podemos decir que el objetivo de la novela es crear un mundo, y el del cuento es contar una historia, entonces el objetivo del epífano es detener un instante o un suceso revelador. Por eso, el énfasis de su mirada no radica en la descripción de un ambiente, ni en la creación de un personaje, y menos aún en la narración de una historia, sino en la identificación de los detalles que conforman el momento supremo. A diferencia de lo que ocurre con las otras formas de ficción en prosa, en el epífano no existen personajes propiamente dichos (quizá con excepción del narrador: primer invento del autor y cuya presencia ineludible impone el punto de vista en toda ficción), sino más bien *protagonistas*, y es tan protagonista el hombre que agoniza como el color de su corbata. ¿Por qué? Porque el instante privilegiado no está compuesto por individuos, necesariamente, sino por una azarosa confluencia de detalles precisos, y cada uno de esos detalles (como vimos en la película de Woody Allen: la música, la brisa, la mujer tendida en la alfombra) es tan importante como el más; remueva uno, y el epífano se cae; quite cualquiera, y la singularidad del momento se deshace en la grisácea cotidianidad. Cada detalle, por constituir una piedra angular del momento decisivo, adquiere entonces el

---

[100] La tendencia en los estudios de los géneros apunta hacia esta dirección: definir las formas de acuerdo con sus intenciones y con sus rasgos peculiares. Por eso, Mary Rohrberger señala: "It seems better to define the short story in terms of its overall purpose and structure." ["Parece mejor definir el cuento corto en términos de su propósito global y de su estructura".] Ver Mary Rohrberger, "The Short Story: A Proposed Definition", en *Short Story Theories*, editado por Charles E. May, Ohio University Press, Ohio, 1976, p. 81.

estatus de protagonista, sin que unos sean más relevantes que otros, y sin que haya diferencias sustanciales entre los humanos y los objetos.

Estas precisiones son igual de válidas para esa especie de género llamado el mini-cuento. En tiempos recientes, esta "forma" ha ganado defensores y creadores, y buena parte de su atractivo radica en su supuesta autonomía formal. Más aún, en los Estados Unidos se han publicado decenas de libros de textos breves, micro-relatos, hasta varios volúmenes de mini-cuentos bautizados por los editores "Short-Short Stories", o *Sudden Fiction (Ficción Súbita)*.[101] Sin embargo, vale la pena analizar la propuesta de estas antologías a la luz de los dos objetivos expuestos en la introducción de su compilador, Robert Shapard: de un lado, como cuentos, y de otro, como exponentes de un nuevo género literario: la ficción súbita.

Desde la perspectiva del primer objetivo, estos libros indudablemente triunfan. Al juzgar los relatos según su calidad, estableciendo qué tan buenos son, si entretienen y enriquecen, y si, a pesar de su tamaño, poseen la redondez, la fuerza y las entrañas requeridas para sobrevivir como textos soberanos, la mayoría de estos cuentos cortos emerge victoriosa. En efecto, de los 69 relatos del primer volumen y de los 60 del segundo, muchos resultan estremecedores, destellando

---

[101] Ver Robert Shapard and James Thomas, eds., *Sudden Fiction: American Short- Short Stories*, Gibbs M. Smith, Inc., Salt Lake City, 1986, 264 páginas; y Robert Shapard and James Thomas, eds., *Sudden Fiction International*, W. W. Norton & Company, New York, 1989, 342 páginas. El primer libro está traducido al español por Jesús Pardo y publicado por Editorial Anagrama, Barcelona, 1989.

por su concisión, su originalidad y su plasticidad. Son, efectivamente, cuentos, y su pequeño formato en vez de empobrecerlos los carga de una intensidad explosiva.

Lamentablemente, el segundo objetivo de estas antologías, la postulación de un nuevo género literario, se queda corto. Y la razón es elemental. La única novedad de estos relatos, desde el punto de vista formal, reside en su tamaño y no en su intención, naturaleza o efecto. En verdad, estos textos comunican una historia, y por lo tanto son cuentos, cuentos que tienen la particularidad de ser muy breves, pero precisamente por eso no se diferencian, en esencia, de otros cuentos más largos. Desde luego, la cantidad de palabras no es igual, pero en realidad pertenecen al mismo género, pues también relatan una historia con un comienzo, medio y fin, y no se apartan, en su propósito, de aquel de los cuentos mayores. Además, estos *Short-Short Stories* tampoco se hallan obsesionados por nada diferente de lo que obsesiona al *short story*, ni pretenden apropiarse de un espacio de la experiencia humana distinto del espacio conquistado por los cuentos comunes y corrientes. De modo que su forma, salvo por el aspecto externo de su extensión, tiene poco de novedoso.

En cambio al epífano lo rige un propósito distinto, y por eso su impacto emocional y estético también es distinto. Recuerdo que cuando leí los *sketches* de Hemingway por primera vez, percibí dos certezas principales: esos textos no contaban una historia y por lo tanto no eran cuentos, y el efecto que generaban era radicalmente diferente del que se desprendía de los demás relatos del autor, los otros que figuraban en esa antología que yo tenía en mis manos. El mismo Hemingway tenía clara la diferencia esencial entre sus miniaturas y sus cuentos, y en la primavera de 1923, cuando hizo un alto en el

camino para hacer un balance de lo que podría publicar
(luego de la dolorosa pérdida de sus textos por culpa de
Hadley), él sabía que tenía tres cuentos terminados, pero
que éstos no eran comparables a las breves ficciones que
estaban listas para *in our time*. Eran, en verdad, textos
distintos, y Hemingway estaba más entusiasmado con
los epífanos que con los cuentos. Por eso Michael Reynolds escribió: "He now had three stories finished: the
two saved from Hadley's disaster and a new one called
'Out of Season', written after leaving Cortina, *but they
were not as exciting as his new form.*"[102]

¿Es una forma autónoma?

Entonces, a diferencia de lo que sucede con el cuento y el mini-cuento, el epífano representa una estructura
distinta, y su originalidad radica en su propósito literario y en su finalidad estética. Pero, ¿de veras podemos
afirmar que se trata de una alternativa en prosa inédita,
y, más importante todavía, autosuficiente?

Pienso que sí, pues la autonomía del epífano se puede argumentar desde dos consideraciones: el aspecto de
la condición humana que le concierne, y su ejecución.

Como hemos visto, es probable que Hemingway
haya escrito sus miniaturas por una razón de fondo: pensaba que un espacio crucial de la experiencia humana, el
instante revelador, escapaba a las redes de la prosa debido
a la falta de una forma indicada para atraparla. Gracias a
la existencia de sus *sketches* y a su correspondencia (más
los testimonios de quienes lo acompañaron en esos

---

[102] Ver nota 80.

años), podemos deducir que ese estado de orfandad le parecía infortunado, pues seguramente creía que esos momentos sobresalientes que suceden en la vida y que tienen el poder de comprimir mayores significados de los que se pueden adivinar en años, constituyen materia prima digna para un artista.[103] Ciertamente, Hemingway sabía que los narradores pueden rescatar esos instantes de alguna manera, incorporándolos en otros relatos más grandes, y así lo hizo él mismo con frecuencia, pero a la vez debió de reconocer, por un lado, que esa inclusión arrastraba el riesgo de que se perdiera la especificidad del instante cumbre, y, por otro, que esos momentos de notable intensidad poseían, por sí solos, la vitalidad y la singularidad para sobrevivir de manera soberana. Es decir, eran autónomos. La prueba de que lo eran (también como vimos) es que, en otras artes, incluida una rama de la literatura que es la poesía, estos breves pero intensos sucesos eran utilizados sin reservas y se les asignaba un espacio exclusivo, sin que se mezclaran en otras vasijas, mientras que la ficción en prosa inexplicablemente había renunciado a sus frutos, y tampoco les reconocía el derecho a una forma propia. De esa lucidez y de esa inconformidad, evidentemente, nacieron las miniaturas de Hemingway.

---

[103] "In these impressionistic sketches, then, Hemingway outlines the world and the human condition as he sees them…". ["En estos bocetos impresionistas, entonces, Hemingway traza el mundo y la condición humana tal como los ve…".] Clinton S. Burhans, Jr., "The Complex Unity of In Our Time", en *The Short Stories of Ernest Hemingway: Critical Essays*, p. 18.

Así, la pregunta que nos corresponde plantearnos es: si hay claridad en otras artes acerca de la validez del instante revelador, justamente porque enfoca y abarca un aspecto precioso de la condición humana, ¿por qué la narrativa ha de ignorarlo y, cuando lo reconoce, por qué ha de limitarse a insertarlo en escritos más extensos en donde casi siempre se diluye su unicidad? En verdad, no hay razón para que los prosistas sigamos desconociendo la importancia de estos momentos cruciales, mientras que sí hay muchas otras para que los sumemos a los arsenales de nuestra profesión. Y no como eventos menores o adicionales, sino como "momentos en que el tiempo se detiene de repente para dar lugar a la eternidad", como escribió Dostoievsky.[104]

Otro factor que confirma la autonomía del epífano es su ejecución. Estos textos son importantes para el mundo de la ficción no sólo porque abren puertas a un espacio humano lleno de posibilidades estéticas y literarias, sino porque desde el punto de vista estructural son prosas completas y autosuficientes, y que se pueden publicar de manera independiente. Por supuesto, eso no significa que estos instantes no puedan formar parte de otros textos mayores, y en ese caso sucede algo semejante a la parábola de Kafka "Ante la Ley",[105] la que leemos en

---

[104] Citado por Ernesto Sábato en Ernesto Sábato, *Entre la letra y la sangre: conversaciones con Carlos Catania*, Editorial Planeta Argentina, Buenos Aires, 1988, p. 108.

[105] Esta parábola describe a un hombre del campo a quien el primero de un número indeterminado de guardias le prohíbe cruzar la puerta para acceder a la Ley. Entonces el hombre espera durante el resto de su vida permiso para atravesar el umbral, incluso implorándole a las pulgas del abrigo del guardia, un señor corpulento con barba tártara,

su obra maestra, *El proceso,* y a la vez encontramos como texto soberano en su libro *Parables and Paradoxes.* Esa parábola, narrada en la novela por un sacerdote en el capítulo titulado "En la catedral", impresiona y conmueve, pero en su estado aislado también nos seduce como un escrito plenamente significativo. En ambas instancias su lectura basta para que el autor exprese, con toda la fuerza de su talento, la impotencia y el exilio metafísico al cual está condenado el ser humano sobre la tierra. Por ello, el texto se puede leer como parte de una novela, pero también como un relato independiente.

Igual ocurre con el epífano. Por ejemplo, uno de los más logrados de Hemingway (el *Chapter* número VI: *"Nick sat against the wall of the church…"*), anticipa su novela *For Whom the Bell Tolls,* porque ahí está la semilla de la idea central de ambos textos: el soldado que hace una paz aparte, la que no se identifica con la que deciden las naciones en sus tratados de armisticio. Tal como sucede con casi todos los cuentos de García Márquez anteriores a *Cien años de soledad,* cuyas historias reaparecen en esa novela con ligeras variaciones, eso no niega la individualidad de esos relatos. Además, lo relevante es el modo que los textos se ponen de pie cuando están solos, sin que el lector quede a la espera de algo más para completar la experiencia estética. Ése era el objetivo de los epífanos de Hemingway y lo alcanzaron

---

que intervengan a su favor, hasta que el hombre envejece y empieza a morir. A lo último, le pregunta al guardia: "Todos se esfuerzan por alcanzar la Ley, ¿cómo es posible entonces que durante tantos años nadie más tratara de ingresar por esta puerta?". Y el guardia responde: "Nadie más podía hacerlo, porque esta entrada era solamente para ti… Ahora voy a cerrarla".

de sobra. Cada miniatura de *in our time* impacta por su esfericidad, por la satisfacción que comunica, por la sensación de plenitud que ofrece, como si nada le sobrara o faltara, desatando un efecto estremecedor e inolvidable. Son piezas íntegras y completas, y en eso consiste la autonomía de su forma.

La importancia de su brevedad

Otra característica del epífano es su tamaño corto, y la razón es el balance entre contenido y forma que debe transmitir. Si el epífano aspira a detener un acto o un hecho que toma lugar en el instante, la concisión del momento se disuelve si se prolonga en exceso. Como en toda ficción exitosa, el sabor que la obra finalmente produce es el resultado no sólo de sus ideas sino de su forma: el estilo y la estructura que traslucen lo que esas ideas procuran expresar. Es decir, el significado final de la ficción se va introduciendo en la mente del lector tanto por el sentido de las palabras, como por su orden y apariencia. Un ejemplo certero de este tipo de equilibrio lo alcanzó Mario Vargas Llosa en su novela *Historia de Mayta*, la que recuenta una frustrada rebelión marxista en el Perú de 1958. Ahí, en lo que se refiere a este aspecto fundamental, esta obra constituye un acierto. A lo largo del libro el autor describe el ambiente en el cual se desenvuelve Mayta, el protagonista, y es uno doloroso y familiar de América Latina: el de la pobreza, la miseria, la injusticia y las desigualdades infames que predominan en todo el continente, más la falta de belleza que reina en las calles sucias, ruinosas, contaminadas e inseguras de nuestras vastas ciudades. Sin embargo, el novelista emplea un recurso de gran sabiduría narrativa, y es entender lo siguiente: para que ese ambiente tan duro y sombrío sea exitosamente presentado, y para que el lector lo sienta como una vivencia auténtica e intensa, no basta con decirlo (contarlo, describirlo) sino que es necesario, también, espejearlo en la prosa misma, empleando palabras deliberadamente ásperas, secas y escuetas. La escritura deja un sabor amargo en la boca, y es el mismo sabor que deja la crudeza de la historia. Se puede decir que de todas las novelas de Vargas Llosa, ésta es la de prosa menos bella, pero esa falta de belleza es claramente intencional. Aquí la forma encarna y traduce el fondo, y la aridez verbal refleja la misma aridez que reina en toda la ficción. Esta concordancia enriquece enormemente la novela, y al mismo tiempo le brinda una persuasiva coherencia.

La brevedad del epífano cumple una función similar. La potencia y la energía del texto estriban en su intensidad, y esa cualidad se logra mediante la parquedad de su extensión. Naturalmente, parte fundamental del efecto total del epífano la expresa su contenido (el suceso, el hecho, la idea o el momento), pero otra parte igual de valiosa la expresa su forma: su concisión, su fugacidad física, su apariencia compacta. El objetivo del epífano es capturar el instante, y la sensación que difunde debe ser instantánea. Por ello ha de ser corto. Por supuesto, no existe un lapso de tiempo ideal para la duración de un epífano, y lo que finalmente importa no es el número de minutos que transcurre en el mismo o la cantidad de palabras que tiene, sino la *impresión* de brevedad que pueda generar, pues cuando es apretado y conciso, desprovisto de adornos y descripciones fútiles, el texto gana en fuerza, aumenta su claridad y logra detonar en la imaginación del lector, perdurando en su memoria. Pero eso sólo es posible cuando el escrito es breve y sucinto.

Sin duda, esto fue lo que el poeta y novelista inglés D. H. Lawrence más admiró en los epífanos de Hemingway, y fue de lo primero que subrayó en su reseña de *In Our Time*: "Los bocetos del señor Hemingway... son excelentes: tan cortos, como prender un fósforo, encendiendo un cigarrillo breve y sensacional, y se acabó".[106]

En verdad, esa virtud es una que el epífano comparte con la poesía. Pero no se trata de una mera coincidencia, pues ambas expresiones literarias tienen el mismo ingrediente en común: la intensidad que surge de la forma compacta. Hemingway escribió varios poemas, pero su mejor poesía la escribió en su prosa, y por eso el autor reveló uno de los secretos más importantes del oficio en su correspondencia: "Nadie realmente sabe o entiende y nadie jamás ha dicho el secreto. *El secreto es que es poesía escrita en prosa* y de todas las cosas ésa es la más difícil de hacer".[107] Ya Mario Vargas Llosa ha señalado que "la poesía es intensa; la novela, extensa".[108] Y esa intensidad se alcanza, en el epífano al igual que en el poema, gracias a la brevedad de su expresión: a su forma menuda, a su capacidad de síntesis, a su aire lacónico. A su austeridad y contundencia.

---

[106] ["Mr. Hemingway's sketches... are excellent: so short, like striking a match, lighting a brief sensational cigarette, and it's over."] D. H. Lawrence, "In Our Time: a Review", en *Hemingway: A Collection of Critical Essays*, Robert P. Weeks, ed., Prentice-Hall, Englewood Cliffs, New Jersey, 1962, p. 93.

[107] ["Nobody really knows or understands and nobody has ever said the secret. The secret is that it is poetry written into prose and it is the hardest of all things to do."] Ernest Hemingway, *Ernest Hemingway on Writing*, p. 4. El subrayado es mío.

[108] Mario Vargas Llosa, *La verdad de las mentiras*, Alfaguara, Madrid, 2002, p. 319.

En resumen, es conveniente que la brevedad del epífano corra paralela a la brevedad de su lectura, pues en esa identificación reside la clave de su impacto, como un martillazo que golpea una sola vez, pero de manera fulminante.

La importancia de los detalles

"La historia es minuciosamente salvaje en sus detalles y alucinante en su desenlace", anotó el ensayista Lance Morrow al referirse a un relato de su compatriota. Y en seguida concluye: "Perfecto Hemingway".[109]

Esa frase resume el conocido estilo del autor. En efecto, el papel que cumplieron los detalles en sus *sketches*, en sus cuentos y en sus novelas es imposible de sobrestimar, y es uno de sus principales atributos en los que la crítica más ha coincidido. Hemingway les prestó gran importancia a los detalles en su obra, y se dedicó a percibirlos con agudeza y a reproducirlos con exactitud en su prosa, pero lo hizo no sólo por su innata sensibilidad para registrar la minucia relevante. Lo hizo, también, porque entendió un hecho capital: los detalles representaban el ingrediente más valioso de la magia que él buscaba dominar. Al ser detectados con ojo experto y dibujados con mano maestra, lograban recrear la veracidad de la acción y calcar la vida en movimiento. Es decir, si el narrador poseía, a juicio de Hemingway, una mirada atenta, adiestrada para identificar los ele-

---

[109] ["The story is minutely savage in its details and haunting in its outcome… Perfect Hemingway."] Lance Morrow, "A Quarter-Century Later, the Myth Endures," *Time*, p. 41.

mentos más relevantes del momento, junto con el talento para recrearlos en la prosa, entonces podía congelar un instante vital, conservando su dinamismo y su frescura. Cuando Hemingway declaró que su meta casi obsesiva de aquella época inicial era detectar "lo que realmente sucedía en la acción", y así reproducir "aquellos sucesos que de verdad producían la emoción", o sea, "registrar la secuencia de hechos y movimiento que generaban la emoción" ("the sequence of motion and fact which made the emotion"), seguramente a lo que se refería era a la importancia de los detalles: el secreto para trasladar la vida al papel.

En la novela póstuma de Hemingway, *The Garden of Eden*, el narrador afirma que el último libro del personaje principal, David Bourne, es realmente bueno, y que el autor logró lo que se propuso gracias a la exactitud de los detalles anotados. "Era la precisión de los detalles lo que lo hacía creíble", indica.[110] Sin embargo, si son los detalles lo que le brindan la verosimilitud al texto, entonces lo que le saca punta e intensidad es la eliminación de todo lo que no resulta absolutamente necesario en la ficción. "La forma resultaba de lo que eliminaba", añade el narrador. "Después, por supuesto, la podía cerrar como el diafragma de una cámara e intensificarla hasta el punto de que el calor brillara y el humo empezara a ascender".[111]

---

[110] Ernest Hemingway, *The Garden of Eden*, Charles Scribner's Sons, New York, 1986, p. 211.

[111] ["The form came by what he would choose to leave out. Then, of course, he could close it like the diaphragm of a camera and intensify it so it could be concentrated to the point where the heat shone bright and the smoke began to rise."] *Ibíd.*

Aquí reposa uno de los mayores retos de un escritor: identificar la escena que desea recrear, y luego calibrar la información de tal manera que pueda duplicar la vida en movimiento. El problema consiste en que, si el autor no incluye la dosis justa de información requerida (los detalles claves, el clima y la atmósfera, los gestos, colores y matices pertinentes), la escena quedará incompleta, incoherente y hasta incomprensible, convertida en lo que Joseph M. Flora llamó "anécdotas sin sentido".[112] Pero lo contrario también es cierto: si el autor se excede, si incluye *demasiada* información, entonces lastrará el vuelo del texto, empobrecerá su agudeza y ablandará su impacto. Peor aún: le colmará la imaginación al lector, y no le activará su fantasía por medio de ciertos silencios elocuentes y astutos que ella, ávida y curiosa, debe completar por su propia cuenta, hasta dejarla adormecida, desmotivada para participar activamente en la ilusión ficticia.

En otras palabras, no todos los detalles del instante supremo son relevantes. Por lo tanto, el autor no debe registrar cada uno de ellos sino sólo los cruciales, los esenciales, aquellos que, de permanecer por fuera, olvidados, descuidados o pasados por alto, le minarán los pilotes al epífano y lo desplomarán a la intrascendencia. Este requisito exige un genuino proceso de entrenamiento visual (el talento para captar, en medio de la vertiginosa fugacidad del acto, los elementos cardinales), pues un escritor puede contemplar una calle y durar toda su vida describiendo los detalles que abundan en la acera y en el asfalto, y no por ello logrará, necesariamente, una imagen viviente en el papel. Por el contrario, son unos

---

[112] ["Pointless anecdotes."] Joseph M. Flora, *Ernest Hemingway: A Study of Short Fiction*, p. 13.

pocos detalles insustituibles los que debe rescatar en su prosa: los determinantes, los irreemplazables. De ellos se desprende el misterio de la lectura, y la hermosa farsa que simula la vida en un escrito.

El crítico Carlos Baker resalta, justamente, este acierto en uno de los epífanos de Hemingway, argumentando que su redondez y su extraordinaria vitalidad se deben a la capacidad del escritor para concentrarse en el instante, eliminando sin compasión todo lo que no se relaciona directamente con la acción; todo lo que, de quedar incorporado, domiciliado en su interior, no representará un aspecto necesario sino un peso adicional, una carga que afectará su agilidad. "Entre el 'defecto' de la escasez de detalles y el 'exceso' de la técnica del amontonamiento (en donde todo se incluye, aunque sea relevante o no, hasta que tenemos un bulto en el horizonte demasiado considerable para ser ignorado)", afirma Baker, "existe un término medio".[113] Y fue ese término medio el que Hemingway aprendió a explorar, indicándole el camino a seguir a los demás escritores, porque les enseñó a distinguir entre los detalles que deben quedar dentro de la narración, y los que deben quedar por fuera. Era su teoría del Iceberg: "Cualquier cosa que conozcas la puedes eliminar y aquélla sólo fortalecerá tu iceberg. Es la parte que no se ve".[114]

---

[113] ["Between the 'defect' of too little detail and the 'excess' of the sand-pile technique (where everything is put in, whether it is relevant or not, until we have a bulk on the horizon too considerable to ignore), there is a mean."] Carlos Baker, *Hemingway: The Writer as Artist*, p. 64.

[114] George Plimpton, "Ernest Hemingway", in *Writers at Work*, The Paris Review *Interviews* (2nd Series), p. 235.

Aun así, fue el crítico Malcolm Cowley quien mejor resumió el sortilegio de Hemingway al describir su "método":

> Seleccionabas los punzantes detalles de la vida que habían despertado tu emoción y, si los describías precisamente, en su orden correcto y sin cerrar tus ojos a la violencia y al horror, tendrías algo que le seguiría despertando la emoción a tus lectores. Ese fue el método que Hemingway siguió en sus bocetos iniciales y, en medio de las limitaciones impuestas por el mismo autor, resultó extremadamente exitoso. Incluso fue exitoso más allá de aquellas limitaciones, pues sus imágenes poseían vastos poderes sugestivos.[115]

Este método representó un aporte invaluable al mundo moderno de las letras, y al mismo tiempo nos legó la manera de escribir un epífano. Lo dijimos antes: es la inesperada fusión de unos cuantos detalles lo que le otorga la singularidad al instante, como vimos en la cogi-

---

[115] ["You picked out the sharp details from life that had aroused your emotion and, if you described them accurately, in their proper sequence and without closing your eyes to violence and horror, you had something that would continue to arouse the emotion of your readers. That was the method Hemingway followed in his early sketches and, within its self-imposed limitations, it was extremely successful. It was even successful beyond those limitations, for his pictures proved to have vast powers of suggestion."] Malcolm Cowley, "Nightmare and Ritual in Hemingway", en *Hemingway: A Collection of Critical Essays*, Robert P. Weeks, ed., p. 45.

da del novillero Hernandorena, en el recuerdo de Sandy
Bates, en la encendida del cigarrillo de Michael Corleone,
y en cada una de las fotografías, pinturas y esculturas que
resaltamos. Se trata de una azarosa combinación de elementos (gestos, sonidos, texturas, olores, colores... en una
palabra: detalles), y gracias a ese imprevisto encuentro en
una fracción de tiempo, es que detona la poderosa chispa
del momento decisivo. Esa cualidad es la que hace que el
instante o el suceso sea irrepetible, diferente, *significativo*,
y es en aquel destello fugaz —en el misterioso choque de
los detalles— que brillan, veloces y efímeros, los rasgos
huidizos de la condición humana.

¿Por qué no el término "boceto"?

A pesar de que Hemingway casi siempre se refirió a
las miniaturas de *in our time* como *sketches*, cuya traducción literal significa "bocetos", muy pronto en el transcurso de la presente investigación me di cuenta de que se
trataba de un término infeliz, inadecuado para designar
la forma nueva. Incluso, como anotamos más arriba,
se podría argumentar que fue un error, y además una
lástima, que el mismo Hemingway no hubiera buscado
un vocablo más adecuado, ni que hubiera bautizado sus
breves ficciones con títulos propicios (salvo el último
que denominó, en su siguiente libro, "L'Envoi"). Por
esa razón, me atreví a buscar un nombre alterno, pues
si el objetivo fundamental de este trabajo era celebrar
la propuesta de Hemingway (rastreando sus orígenes,
reconociendo sus virtudes e iluminando los atributos de
su soberanía formal), entonces era perentorio empezar
por señalar la invalidez del término "boceto", y plantear
uno nuevo.

En realidad, varias razones me llevaron a buscar otro calificativo. En primer lugar, "boceto" es un término utilizado en diferentes campos de trabajo, lo cual le ha restado claridad y precisión, y en donde más se usa es en las artes plásticas. Ahí se refiere a una realidad concreta: el bosquejo inicial trazado por el artista, el borroncillo hecho de prisa sin atención a la forma o al detalle, para retener los elementos principales que luego serán desarrollados en la obra final, dejando abierta la posibilidad de hacer, más adelante, enmiendas, supresiones o correcciones a la imagen. Sin duda, de habernos quedado con esta palabra para referirnos a los epífanos, ello habría generado toda suerte de malentendidos, y lo más sano parecía evitarlos por completo. Pero no sólo eso: en el caso hipotético de que fuera aceptado el concepto de "boceto" para definir estos textos, al utilizarlo como sinónimo del epífano, la persona cada vez tendría que aclarar su uso y precisar su diferencia con respecto al boceto pictórico, y eso también habría ocasionado traslapos indeseables.

En segundo lugar, el término boceto arrastra una serie de connotaciones firmemente afianzadas, de valores y resonancias inamovibles que contradicen la esencia misma de la forma de Hemingway. En efecto, la palabra boceto sugiere algo *inacabado*, el esbozo o la figurilla que anticipa la pintura o escultura que, esa sí, estará concluida. Evidentemente, eso desconoce lo que representa la idea de Hemingway, pues como hemos razonado a lo largo de este epílogo, más que anunciar una realidad posterior y redondeada, el epífano *es* un escrito terminado y completo, autónomo y autosuficiente, que sólo requiere de su propia lectura (y nada complementario o adicional) para ser plenamente apreciado. De manera que, a diferencia de lo que implica el boceto, el epífano no es un borrador ni un texto a medio hacer, sino una unidad narrativa cerrada sobre sí misma, dotada de sus propios méritos y virtudes, y que apunta hacia su propia realidad.

En tercer lugar, de "boceto" se desprende otra connotación inconveniente: la de ser un texto hecho rápida o *ligeramente* cuando, por el contrario, cada epífano aspira a ser una especie de joya pulida, una pieza soberana cuya escritura, debido a su naturaleza sucinta y a sus requisitos de síntesis y concisión, exigen tiempo y cuidado. Hay una paradoja que muchos autores han comentado en el arte de las letras, y es que los textos más breves, en donde no hay espacio para el error ni el exceso, son más difíciles de escribir que otros más largos. Por esa razón, el filósofo francés del siglo XVII, Blaise Pascal, se disculpó en su correspondencia: "Si he escrito esta carta tan larga, ha sido porque no he tenido tiempo de hacerla más corta". Claramente, estas miniaturas no son de elemental composición, y más bien su forma compacta, ajustada y esférica, desprovista de adornos o cabos sueltos, implica un ejercicio pulcro y esmerado, una labor de paciencia y un trabajo de relojero suizo. Todo lo contrario de lo que asociamos con "boceto".

Ahora, no sobra anotar que otros términos se tomaron en consideración para llenar el vacío que dejaba *sketch*. Entre ellos, sopesé palabras como "instantes", "momentos", "viñetas", "estampas", "parábolas", y hasta "poemas en prosa" (como lo hizo Oscar Wilde), pero, en realidad, ninguno me convenció debido a sus propios sgnificados y connotaciones. En cada caso me pareció que el nombre contribuía a malograr la definición anhelada en vez de atraparla. En fin, confieso que durante un tiempo me encontré en un callejón sin salida.

¿Por qué "epífano"?

La solución a esta encrucijada la proporcionó James Joyce. Al comienzo de su carrera literaria, el irlandés escribió una serie de textos cortos que denominó "epifanías", término que proviene del griego y que significa "manifestación". Son, en verdad, piezas muy distintas a los *sketches* de Hemingway, y, sin embargo, comparten un rasgo fundamental: aunque tomen lugar en la vida diaria, procuran retener un suceso o un momento preciso que posee la capacidad de iluminar el espíritu del hombre. Así, la creación de Joyce parecía enriquecer y complementar la de Hemingway, como si fuera una segunda vertiente que, al unirse a la primera, conformasen un río de aguas cristalinas. Por lo tanto, desde mi orilla, concluí que lo más justo y honesto era reconocer el trabajo de ambos narradores en la elaboración de este aporte trascendental, ya que, a pesar de sus diferencias, coincidían en lo esencial. Y quizás la manera más indicada de realizar ese reconocimiento era conservando la forma de Hemingway pero aludiendo, a la vez, al concepto de Joyce, fusionando ambas corrientes en un solo cauce y bajo un solo nombre: el epífano.

Por esta razón, es indispensable detenernos, por un minuto, en la epifanía de Joyce.

Como se dijo, el término *epiphaneia* es de origen griego, y en la antigua Grecia se entendía como un concepto religioso que expresaba la divinidad de los dioses al revelarse ante los ojos de los mortales, o, también, la manifestación del poder divino en una persona o en el transcurso de algún lance notable. Más adelante, durante los primeros tiempos del cristianismo (específicamente al final del siglo ɪɪ, en Egipto), la doctrina herética del gnosticismo, la cual argumentaba que las verdades de la fe se podían conocer por medio de la razón, acudió a la epifanía para referirse a la revelación de Cristo como hijo de Dios en su bautismo, y, en consecuencia, para designar las festividades que conmemoraban ese prodigio. La fecha escogida para la ceremonia era el 6 de enero, día del famoso evento y que coincidía, además, con el antiguo solsticio egipcio, cuando las aguas del Nilo rebosaban sus márgenes, acontecimiento que celebraban los paganos por tratarse de un suceso determinante para los cultivos.

Posteriormente, en el siglo IV aparece la Epifanía como una fiesta de la Iglesia católica, solamente superada en importancia por la Semana Santa. Entonces la Epifanía no sólo se refiere a una sino a tres revelaciones: el nacimiento de Cristo, su bautismo en el río Jordán y el milagro que realizó durante las bodas en Caná al convertir el agua en vino. En tiempos actuales, la cultura occidental entiende la Epifanía como un aniversario de la religión católica que se observa cada 6 de enero, y que festeja la adoración de Jesús por los Reyes Magos. Por ello, también es conocida como la Adoración de los Reyes.

Sin embargo, la primera vez que *epiphaneia* se aplica a la literatura contemporánea, como sinónimo de la súbita revelación de una verdad oculta de la persona o de una situación, es en los textos de James Joyce.

En los primeros años del siglo XX, el irlandés comenzó a escribir un libro que nunca alcanzaría a terminar: *Stephen Hero* (*Stephen el héroe*). Esa obra o, más bien, lo que conocemos de ella, sólo se publicaría en 1944, tres años después de la muerte del autor, pero de ese proyecto inconcluso nacería el famoso *Portrait of the Artist as a Young Man*, inspirado en las experiencias del propio Joyce y que relata la odisea espiritual del joven Stephen Dédalus.[116] Para escribir *Stephen el héroe*, entre los años de 1900 y 1903, Joyce anotó en un cuaderno de trabajo una serie de textos cortos, como instantáneas en prosa, que llamó *epiphanies*. Por fortuna, ese cuaderno fue hallado años después, y se publicó en 1956 por O. A. Silverman, en Buffalo, New York (Lockwood Memorial Library).

¿Qué entendía Joyce por "epifanía"? La mejor respuesta la ofrece el mismo autor en un pasaje esclarecedor de *Stephen Hero* (pero que, lamentablemente, eliminaría en la versión final del *Retrato del artista adolescente*):

> Stephen, al pasar en su búsqueda, oyó el siguiente fragmento de coloquio, por el que recibió una impresión lo bastante aguda como para afectar muy gravemente a su sensibilidad:
>
> La Señorita (*modulando discretamente*). —…Ah, sí… estuve… en la… ca…pilla…
>
> El Joven Caballero (*casi inaudible*): —… Yo… (*otra vez casi inaudible*) …yo…
>
> La Señorita (*suavemente*) —…Ah… pero usted… es… muy… ma…lo…
>
> Esta trivialidad le hizo pensar en coleccionar diversos momentos así en un libro de epifanías. Por epifanía entendía una súbita manifestación espiritual, bien sea en la vulgaridad de lenguaje y gesto o en una fase memorable de la propia mente. Creía que le tocaba al hombre de letras registrar esas epifanías con extremo

---

[116] James Joyce, *Retrato del artista adolescente*, traducción de Dámaso Alonso, Editorial Lumen, 1979.

cuidado, visto que ellas mismas son los momentos más delicados y evanescentes...[117]

Paralelo a estos textos, Joyce escribiría (con lo que Valverde denomina "cierta arbitrariedad lingüística"[118]) una serie de "epiclesis", otro tipo de prosa corta, un poco más larga que la epifanía pero registrada con idéntica objetividad, lo que nos hace pensar que eran textos más semejantes a los *sketches* de Hemingway. Joyce envió aquellas "sencillísimas pero escalofriantes estampas"[119] a la revista *The Irish Homestead*, pero sus lectores no estaban interesados en experimentos narrativos, ni estaban listos para apreciar miniaturas así de impactantes. Por supuesto, luego de que la revista publicara las primeras "epiclesis" de Joyce, sus colaboraciones a la misma terminaron del todo.

No obstante, la escritura de estos textos cortos se volvería a repetir. Entre 1911 y 1914, Joyce anotaría, en otro cuaderno, algunas observaciones en las que dejaría fijada su atracción erótica por una bella joven judía, la

---

[117] La traducción es de José María Valverde, en *Joyce*, Colección "El Autor y su Obra", Barcanova, Barcelona, 1982, p. 20. El texto original de la parte final dice así: "This triviality made him think of collecting many such moments together in a book of epiphanies. By an epiphany he meant a sudden spiritual manifestation, whether in the vulgarity of speech or of gesture or in a memorable phase of the mind itself. He believed that it was for the man of letters to record these epiphanies with extreme care, seeing that they themselves are the most delicate and evanescent of moments." James Joyce, *Stephen Hero*, edited by Theodore Spencer, Paladin, London, 1991, p. 216.

[118] José María Valverde, *Joyce*, p. 21.

[119] *Ibíd.*, p. 21.

cual era su alumna en Trieste (Italia). Ahí aparecen de nuevo instantáneas e intuiciones captadas en prosa, pero esta vez un poco más confusas. De igual manera, estas piezas solamente se descubrirían años más tarde, al ser recuperadas por el hermano de Joyce, Stanislaus, y publicadas en 1968 por Richard Ellmann, el biógrafo más conocido del autor. Se trata del libro *Giacomo Joyce*,[120] título que proviene del nombre que el maestro escribió en la portada del cuadernillo y que hace alusión, medio en broma, a Giacomo Casanova.

En todo caso, Joyce escribió sus epifanías como material de trabajo, no como exponentes de una nueva forma ni como textos autónomos y acabados en sí mismos. En ese sentido, se diferencian sustancialmente de los *sketches* de Hemingway. Es cierto, como afirma Richard Ellmann, que antes de viajar a París en 1902, el autor impartió instrucciones a su hermano Stanislaus para que se publicaran sus epifanías, pero en realidad eran instrucciones ligeras que no conducirían a la impresión de las miniaturas. La verdad es que Joyce no se preocupó por publicar en vida sus epifanías, y sólo se limitó a incorporarlas en cuentos y novelas posteriores. En efecto, varias de las epifanías que leemos en el cuaderno descubierto póstumamente reaparecen en el *Retrato*, en *Dublineses*, y en la obra maestra *Ulysses*, y algunas son, inclusive, reproducidas textualmente. Esto, por supuesto, no cuestiona la calidad estética de las miniaturas; simplemente sugiere que, por una razón u otra, el autor no creyó que éstas señalaban la aparición de un género inédito, ni que contaban con los elementos requeridos

---

[120] James Joyce, *Giacomo Joyce*, traducción de Alfredo Matilla, Tusquets Editores, Barcelona, 1970.

para sobrevivir solas, sin estar integradas en otros textos mayores. Más aún, en *Ulysses* Joyce se referiría a sus epifanías con evidente sarcasmo: "¿Recuerdas tus epifanías en hojas verdes ovaladas, profundamente profundas, copias para enviar, si morías, a todas las bibliotecas del mundo, incluida Alejandría? Alguien las había de leer al cabo de unos pocos miles de años, un mahamanvantara".[121]

Aun así, las epifanías de Joyce constituyeron puntos de apoyo para el resto de su prosa, pues esos momentos de intensa lucidez, detectados en medio de lo cotidiano, revelaban aspectos trascendentales de la experiencia humana, y a través de esas partículas, el irlandés estimaba que se podía acceder a visiones exclusivas del espíritu del hombre. Por eso él se empeñó en reproducirlas con tanto esmero. Recordemos, a título de ejemplo, una de las epifanías más célebres de Joyce y que encontramos en *Ulysses*. Stephen Dédalus está conversando con el director del colegio en el cual enseña, acerca de temas relacionados con Dios y la Historia; afuera se escuchan los ruidos de los niños en el patio de recreo, y Stephen ha dicho que la historia es una pesadilla de la cual él procura despertar. De pronto añade, gesticulando hacia la ventana: "That is God." "What?", pregunta el director Deasy. Y Stephen responde: "A shout in the street."[122] En efecto, un grito en la calle puede bastar

---

[121] ["Remember your epiphanies on green oval leaves, deeply deep, copies to be sent if you died to all the great libraries of the world, including Alexandria? Someone was to read them there after a few thousand years, a mahamanvantara."] James Joyce, *Ulysses*, The Modern Library, New York, 1961, p. 40. La traducción es de Valverde, *Ibíd.*, p. 20.

[122] ["Aquello es Dios", señala Stephen. "¿Qué cosa?", pregunta el director Deasy. Y Stephen responde: "Un grito en la calle".] James Joyce, *Ulysses*, p. 34.

para que intuyamos de alguna forma la divinidad. En palabras de Heinz Decker: "En la epifanía el objeto se revela al agudo observador en toda su compleja totalidad, en toda su variedad armónica y, finalmente, en su franca naturaleza. Esta penetración puede tener lugar en los más vulgares momentos. Precisamente en su banal, trivial superficie percibe Joyce el mundo".[123]

De manera que, a diferencia de lo que sucedió con las otras alternativas sopesadas, la connotación de la epifanía de Joyce (el instante único y privilegiado de revelación) constituía una base sólida, justa y apropiada, para moldear el nombre que llegaría a sustituir el de "boceto". Desde luego, como no era posible intercambiar los términos, era necesario introducir un giro, aunque fuera leve, para resaltar la especificidad de la nueva forma propuesta por Hemingway. De ahí surgió la palabra "epífano", pues su raíz hace alusión a *epiphaneia* en el sentido de manifestación (la esencia del aporte de Joyce y también del *sketch* de Hemingway), pero con cierta distancia frente a los textos del irlandés, ya que la novedad y la autonomía de esta forma provienen, realmente, de las miniaturas que escribió el autor de *in our time*, a comienzos de los años veinte en París.[124]

En suma, el concepto de la epifanía parecía la raíz apropiada para rebautizar estos breves textos de Hemingway. Y es una alegría comprobar que otros han coincidido en esta intuición. Al describir el arduo proceso de creación

---

[123] Heinz Decker "El monólogo interior: para un estudio analítico del 'Ulises' de Joyce", en *Eco*, número 28, tomo V4, Bogotá, agosto 1962, p. 333.

[124] Una prueba concluyente de este punto la esgrime Jackson J. Benson: "In an essay on Pound, Joyce, and Flaubert, Forest [sic] Read makes a statement about Joyce's contribution to the short story that might be applied with even more justice

de las *vignettes* del escritor (en particular su primera etapa), el biógrafo Michael Reynolds señala que la ficción de Hemingway conocida como la viñeta "Luz", la que trata de un joven soldado convaleciente en un hospital en Padua, quien se enamora de la hermosa Luz, la enfermera que lo cuida y atiende (el primer epífano que Hemingway escribiría inspirado en sus experiencias personales, en este caso, el romance que vivió con la enfermera Agnes Von Kurowsky en Milán, mientras se recuperaba de las heridas que sufrió en la Primera Guerra Mundial), no era el mejor de sus ensayos. Más aún, ese texto sería el que después Hemingway comprendería que en realidad no era un epífano sino un cuento corto, y así lo publicó más adelante bajo el título "A Very Short Story". En todo caso, dice Reynolds, esta miniatura no era tan buena como las otras que ya tenía terminadas el autor, pues aquí Hemingway procuraba *contar una historia* ("…it followed a story line and was truly 'A Very Short Story' as he later retitled it."), en vez de enfocar con claridad un "momento tenso y singular". En cambio, las demás piezas que figurarían en *in our time*, las mejores, tenían "poca o ninguna estructura narrativa", pues en ellas el autor había dejado todo por fuera… "salvo el momento central, *la escena de la epifanía*".[125]

---

to Hemingway: 'In 1914, Joyce appeared as a prose imagist *who invented a new form for short prose fiction*; based on the form of an emotion *rather than the form of the short story*, it was perfectly adapted to register modern life both objectively and as it struck the sensitive individual.'" Estoy totalmente de acuerdo con Benson, y es verdad que este gran invento de una forma nueva en prosa, le corresponde más a Hemingway que a Joyce. Ver Jackson J. Benson, "Ernest Hemingway as Short Story Writer", en *The Short Stories of Ernest Hemingway: Critical Essays*, p. 273. Los subrayados son míos.

De otro lado, Charles Scribner, Jr., nieto del editor más importante de Hemingway y, además, experto en la obra del escritor norteamericano (a quien conoció de niño por ser amigo de la familia), escribió en 1987 el prefacio de los cuentos completos del autor (la edición definitiva conocida como "The Finca Vigía Edition"). Ahí, al resaltar la excelencia de los primeros textos de Hemingway, empezando con sus *sketches*, anotó lo siguiente: "La intención de Hemingway era comunicar de manera intensa y exacta momentos de importancia exquisita y conmovedora, experiencias que quizás se podrían describir, apropiadamente, como *'epifanías'*".[126]

CONCLUSIÓN

En fin, mi convicción actual es la siguiente: además de sus cuentos tan prodigiosos y de algunas de sus novelas tan logradas, Hemingway hizo todavía más: nos ofreció una alternativa nueva en prosa, fresca y exigente.

---

[125] La última frase de Reynolds dice así: "...leaving out almost everything but the central moment, the epiphanal scene." Michael Reynolds, *Hemingway: The Paris Years*, p. 126. Esta cita confirma la diferencia esencial, en opinión del biógrafo, entre el epífano y el cuento desde el punto de vista formal. Los subrayados son míos.

[126] ["Hemingway's aim was to convey vividly and exactly moments of exquisite importance and poignancy, experiences that might appropriately be described as 'epiphanies'"]. Charles Scribner, Jr., en "Preface", *The Complete Short Stories of Ernest Hemingway*, The Finca Vigía Edition, Foreword by John, Patrick and Gregory Hemingway, Collier Books, New York, 1987, p. xvi. El subrayado es mío.

Por mi lado, dudo mucho de que él hubiera realizado una innovación de este calibre sin proponérselo; me es difícil pensar que una creación tan sólida y completa, elaborada durante tantos años y con semejante cuidado de orfebre, luchada palabra a palabra y expuesta al escrutinio del público y de los críticos, haya sido efectuada sin una intención clara y sin un propósito estético consciente. Eso, por lo visto, no correspondía al estilo del autor. Además, no olvidemos que Hemingway cambió como persona y como escritor en París, y gracias a sus enriquecedoras lecturas, y a su aprendizaje en manos de sus distinguidos maestros, y a su trabajo incansable en los campos del periodismo y de la creación literaria, él se propuso hacer cosas originales, ambiciosas y abiertamente revolucionarias. Como dice Jackson J. Benson: "Él pasó de ser un hombre joven que quería vender cuentos cortos a un hombre joven que quería escribir la mejor ficción corta que jamás se había escrito y hacer cosas en prosa que nunca se habían hecho".[127]

Eso, no me cabe duda, fue exactamente lo que logró Hemingway: una invención en el ámbito de la prosa que nadie había hecho antes.

Ahora, tal vez los lectores no compartan esta tesis, y consideren que el hallazgo de Hemingway, el diseño de una opción nueva en prosa cuyo objetivo consiste en atrapar un instante o un suceso revelador de aspectos vitales de la condición humana, en verdad venía de antes

---

[127] ["He was changed from a young man who wanted to sell short stories into a young man who wanted to write the best short fiction that had ever been written and to do things with prose that had never been done before."] Jackson J. Benson, "Ernest Hemingway as Short Story Writer", en *The Short Stories of Ernest Hemingway: Critical Essays*, p. 304.

o llegó después, gracias al trabajo de otro escritor. El hecho es que esa forma que aquí hemos vuelto a nombrar como "epífano", en la actualidad no existe o, por lo menos, no existe como categoría artística al servicio de los narradores, y por eso hoy nadie escribe este tipo de texto con la misma naturalidad de quien se sienta a escribir un cuento o una novela. Justamente por ello es que su disponibilidad resultaría conveniente. En ese orden de ideas, importa menos quién es el padre de la criatura que las ventajas y virtudes de la misma. Sin embargo, por simple justicia elemental, considero que el honor de su paternidad le corresponde a Ernest Hemingway.

De otro lado, que nazca entre nosotros una forma nueva en prosa no es algo que debería sorprendernos. A lo largo de la historia de la literatura ése ha sido un fenómeno ocasional y natural, pues los géneros en las artes no son cuerpos estáticos e inmodificables, sino que están sujetos, al igual que los pueblos y las personas, a los vaivenes del destino y a las pruebas del tiempo. Con frecuencia los géneros se renuevan, o se modifican y transforman en moldes distintos para responder a otras realidades y a otras necesidades de representación. Como escribió el profesor José Luis Martín Nogales: "No olvidemos que los géneros literarios no son categorías rígidas inamovibles, sino formas vivas, dinámicas y cambiables, que nacen, crecen, evolucionan y, algunas, mueren".[128]

Además, no es casual ni gratuito que Hemingway haya concebido esta novedad formal justo en el momento en que lo hizo. En 1900, al despuntar el siglo

---

[128] José Luis Martín Nogales, "Larra en los Balcanes", en Arturo Pérez-Reverte, *Patente de corso (1993-1998)*, Alfaguara, Madrid, 1998, p. 20.

xx, Friedrich Nietzsche moría de sífilis y demencia después de haber pasado la última década recluido en un sanatorio de la ciudad de Jena; 18 años antes, se había empinado por encima de sus contemporáneos y había gritado lo inconcebible: Dios había muerto. Y no sólo Dios. Todos los valores tradicionales y lo que jamás había sido cuestionado, por primera vez era puesto en duda y ya nada parecía ser lo que era. Por eso, tampoco es casual que en los primeros 25 años del siglo hayan sucedido tantos hechos definitivos de nuestra era. El mismo año de la muerte de Nietzsche, Freud publica *La interpretación de los sueños*. Luego, en 1905, Einstein presenta su *Teoría de la relatividad*. Pablo Picasso termina *Las damas de Aviñón* en 1907. Igor Stravinsky estrena *La consagración de la primavera* en 1913. Ese año Marcel Proust publica el primer volumen de *En busca del tiempo perdido*. La Primera Guerra Mundial estalla al año siguiente, y se prolonga hasta 1918. Franz Kafka concluye *La metamorfosis* en 1915. La revolución rusa estremece la tierra en 1917. T. S. Eliot publica *The Waste Land* en 1922. Ese mismo año James Joyce finaliza el *Ulysses*. Y en 1925 se publica *El proceso* de Franz Kafka. La conclusión del primer cuarto de siglo parece ser que ya no existen verdades absolutas, ni existe el mundo fijo y familiar de pilares seguros, sino que prevalece el caos y la incertidumbre, y la perspectiva o el punto de vista lo es todo, porque aquélla determina la realidad. Lo que antes se sabía con confianza había reventado en pedazos, y el espejo tradicional del arte, en el cual el hombre reconoció su rostro durante tanto tiempo, había sido quebrado en astillas. Era la tierra baldía que señalaba Eliot, con los fragmentos arrumados contra sus propias ruinas, y en medio de la modernidad que nacía con tanto dolor y tanto sufrimiento, sólo se adivinaban, apenas, parcelas de significados coherentes.

Por esa razón, mientras Hemingway se instalaba en París y se empeñaba en aprender a escribir en serio, los mayores artistas de su tiempo estaban haciendo, deshaciendo y rehaciendo las reglas y las formas de sus respectivos campos de trabajo. En efecto, Hemingway comprendió que la representación artística clásica, la que sirvió durante siglos para describir el mundo y retratar la experiencia humana, al comenzar el siglo XX estaba atravesando por la peor crisis de su historia. Alrededor del mismo período en que el autor se preguntaba cómo escribir (o mejor: cómo escribir en ese mundo irreconocible, violento y atroz), y reflexionaba acerca de la mejor forma de expresar las nuevas verdades de su tiempo, otros artistas estaban postulando maneras audaces de representación con el fin de ajustarse a las necesidades del mundo moderno, en donde todas las certezas del pasado yacían acribilladas en las trincheras de la Primera Guerra Mundial. El universo ya no era ni volvería a ser jamás el mismo, y las formas del arte tampoco resultaban adecuadas para explicar aquel territorio fragmentado, hecho pedazos. ¿Cómo representar un mundo semejante? Hemingway responde: el epífano.

Ciertamente, esas miniaturas eran poderosas expresiones de su tiempo. Por eso Michael Reynolds las definió como "pequeñas piezas de los tiempos modernos".[129] Y por eso Jim Barloon opinó que las *vignettes* de Hemingway eran su respuesta al reto de interpretar

---

[129] ["Small pieces of modern times."] Michael Reynolds, *Hemingway: The Paris Years*, p. 114.

las nuevas experiencias catastróficas y abrumadoras del momento. "It's as if the Great War not only blew apart the beautiful world... but shattered the customary narratological ways of making sense of it... Indeed, the vignette represents the young Hemingway's answer to the challenge of rendering catastrophic, mind-shattering experiences."[130]

Sin duda, el epífano de Hemingway era una forma propicia para arrestar ese mundo hecho añicos, pues servía para enfocar cada uno de los pedazos, y si se juntaban varios de los más elocuentes quizas se podría iluminar aquel paisaje nuevo y tenebroso de aguaceros torrenciales, humeante y devastado por la guerra, visible en la temblorosa luz de los relámpagos. Al hablar de la saludable irreverencia del autor por los géneros, dijimos que él los moldeaba según sus exigencias, y que el artista producía lo que necesitaba para expresar la verdad que veía ante sus ojos. No olvidemos que Hemingway estuvo en las trincheras de la Gran Guerra, en Fossalta (el primer americano herido en Italia), y una estruendosa bomba de chatarra explotó a sus pies, pero aun así, aturdido y sangrando, se echó un compañero herido al hombro y lo cargó cincuenta yardas cuando recibió un balazo en la rodilla. Se levantó, logró andar unas cien yardas más, todavía cargando al soldado herido en sus brazos, hasta llegar al puesto de mando en donde se desplomó inconsciente; lo pusieron en una camilla y lo llevaron a la enfermería, bañado en sangre, y allí un cura le aplicó los santos óleos. Tenía

---

[130] Jim Barloon, "Very Short Stories: The Miniaturization of War in Hemingway's *in our time*", in *The Hemingway Review*, p. 12.

237 esquirlas en todo el cuerpo, y sobrevivió de milagro. Entonces Hemingway había visto el infierno de cerca, y también había visto el mundo del pasado estallar en fragmentos. Por eso, cuando años más tarde se encontró en París, meditando en la forma de representar esa nueva realidad de fuego y horror, el escritor concluyó que era necesario hacer algo radical y diferente: crear un estilo original y proponer una forma fresca. Lo tradicional no servía, definitivamente, y con la energía de la juventud y su audacia creativa, el escritor inventó lo que necesitaba en ese momento: una prosa limpia para describir tanta suciedad; carente de sentimentalismos dado que los sentimientos habían sido pisoteados; desprovista de adornos porque los adornos, en semejante contexto, resultaban inmorales; concisa y apretada para tratar de retener en el aire los trozos del universo abierto en explosiones, y una forma que permitiera congelar instantes significativos en medio del caos y de tanta incoherencia. Es por eso que cada epífano de Hemingway es breve y contundente, cerrado en sí mismo, y por eso tiene el aire fantasmal de los grabados de Goya, como fogonazos o instantáneas de imágenes duras y brutales. Porque así era el mundo en el cual ahora vivíamos todos.

En verdad, el epífano parecía una solución ideal para representar la realidad contemporánea, cubierta en los escombros del mundo clásico, tapizada en los cristales rotos del arte tradicional. Recordemos que Hemingway leyó *La tierra baldía* junto a Pound. Y más importante todavía, como lo evocó en *A Moveable Feast*, con frecuencia él se dirigía al Museo de Luxemburgo para examinar los óleos de los grandes maestros del Impresionismo, en particular los del pintor Paul Cézanne. "Yo estaba aprendiendo mucho de él pero no era lo suficientemente elocuente para explicárselo a nadie", escribió. "Además, era un secreto".[131]

¿Qué secreto era? Nada menos que el método y el orden de la representación. No había duda: Eliot tenía razón, pues luego de las guerras sólo restaba un paisaje desolado y estéril, y las personas no podían aspirar más que a conocer fragmentos del universo (*"These fragments I have shored against my ruins…"*). Entonces había que representar la experiencia humana en partes o en tajadas o en porciones, pero cada una tenía que estar plena de sentido: completas y coherentes. Es probable que Hemingway se haya hecho la pregunta que parecía, en esa coyuntura histórica, imperiosa: ¿cómo fragmentar la representación *pero sin producir fragmentos* (es decir: obras incompletas, inacabadas e incomprensibles por sí mismas)? Cézanne ofrece una solución y señala el camino a seguir. El francés crea un estilo que reduce el mundo a lo esencial, eliminando lo superfluo para que la naturaleza misma quede reducida a cubos, conos y esferas, mas trazando los planos con todo el rigor del oficio, y apretando el resultado final a tuerca y tornillo. Igual hace Hemingway. Reduce la acción a lo esencial, eliminando lo superfluo y recreando la secuencia de hechos y movimientos con el rigor de palabras precisas, apretando el momento entero a tuerca y tornillo. Se podía quebrar la imagen en fragmentos, entendería Hemingway al contemplar los cuadros de Cézanne, pero cada imagen (cada lienzo) y cada escena (cada texto), tenía que ser soberano. Autosuficiente. Y así serían sus

---

[131] ["I was learning very much from him but I was not articulate enough to explain it to anyone. Besides, it was a secret."] Ernest Hemingway, *A Moveable Feast*, p. 18.

epífanos. Por eso, no es casual que Cézanne haya sido el precursor del cubismo.

Antes de concluir, todavía cabe una última pregunta: ¿cuáles son las ventajas de escribir epífanos?

Varias, pero mencionemos apenas unas cuantas.

Habría que empezar diciendo que, con esta estructura, la ficción en prosa puede contar con una nueva posibilidad formal, lo cual es bienvenido ya que, a diferencia de lo que ocurre en poesía, las formas disponibles en la narrativa son angustiosamente pocas.

Adicionalmente, el epífano, fruto de la estética de la austeridad, muestra poco pero sugiere mucho, y a través de los ecos que se extienden más allá de sus contadas líneas, rescata una dimensión de la experiencia humana que, de continuar huérfana de una forma propia en prosa, se perdería para siempre. No importa que otras artes reconozcan la validez de esa dimensión; cada arte recupera, debido a la especificidad de su lenguaje, lo que sólo aquel medio puede expresar, así los temas sean los mismos. Por ejemplo: una misma escena registrada en una fotografía, en un poema y en un epífano tendrá tres expresiones diferentes con tres obras estéticas distintas, y cada una esclarecerá un aspecto específico no sólo de la escena, sino también de la gran aventura humana, el aspecto singular que los demás medios no podrán manifestar. Existe una fracción de nuestra existencia que es peculiar de cada arte, comunicable solamente con el lenguaje de esa facultad. Es decir, yo puedo admirar *La capilla sixtina* de Miguel Ángel, y a la vez puedo leer los comentarios de Vasari o de otro historiador acerca de aquellos frescos incomparables pintados en la bóveda del Vaticano, y quizás las palabras de Vasari o del historiador me pueden emocionar y deleitar, y hasta me pueden aportar luces indispensables para apreciar todavía más la obra, pero la experiencia de la lectura, por placentera que sea, será muy diferente a la experiencia de presenciar esa abrumadora creación, y ningún conjunto de palabras jamás podrá reemplazar esa obra maestra. En efecto, Vasari y el otro historiador me podrán decir algo de esos frescos que sólo se puede comunicar mediante las palabras, pero esos frescos también dicen algo de la vida y de la condición humana que sólo se puede comunicar a través de los colores y de las formas de la pintura. Mejor dicho: el placer intelectual que me despierta la explicación de los historiadores, y el placer estético que me producen los frescos, no son intercambiables, y a lo mejor el uno no sea superior al otro, sino sólo distintos, e incluso hasta complementarios. Pero ambos serán válidos y, por ende, bienvenidos. De manera que la mayor justificación para escribir epífanos radica en la exclusividad de su perspectiva, y en el reto que representa: capturar instantes o sucesos que, al resaltar con claridad privilegiada significados fugaces de nuestra realidad, nos puedan "decir" más de lo que somos y con mayor elocuencia, que otros testimonios más extensos. Pero no sólo eso: aquello que nos podrá "decir" el epífano, únicamente lo podrá hacer a través suyo, mediante su forma precisa. Por lo tanto, si renunciamos a esta opción en prosa, más que cualquier otra cosa, estaremos renunciando a toda una faceta de la experiencia humana.

Sin embargo, el epífano no sólo nos permite extraer del limbo momentos que, en el curso de la vida, quizás los narradores hemos sospechado o intuido como especiales pero, al vernos desprovistos de una red particular

para atraparlos, los hemos dejado pasar de largo, pr
vándonos de sus frutos y riquezas. También proporciona
una escuela literaria incomparable.

Escribir de manera breve es un trabajo severo y
un ejercicio fecundo. Ya vimos la sabia frase de Pascal,
y la misma me recuerda otra de Sir Winston Churchill,
una vez que el Primer Ministro se excusó antes de hablar en público: "Voy a pronunciar un discurso largo
ya que no he tenido tiempo de escribir uno corto",
dijo.[132] Sin duda, la escritura concisa, necesariamente
eficaz debido a la pequeñez de su formato, obligada
a producir un efecto estético mas en un espacio mínimo, exige una cuota superior de esfuerzo y sudor, y
un forcejeo con las palabras que no tolera el desper-
dicio. No obstante, ese rigor en la escritura tiene otra
ventaja, y es que foguea al escritor y le enseña varios
de los secretos más valiosos de su oficio. Entre ellos,
le muestra qué puede eliminar del texto, qué lastra la
ficción y qué puede omitir sin debilitar su impacto, y
en ese momento, como decía Hemingway con razón,
sucederá todo lo contrario, y lo omitido fortalecerá las
pocas palabras que quedan destellando en la página.
Así la imagen gana en fuerza y multiplica su potencia.
En consecuencia, la forma breve no empobrece la
expresión, sino que la magnifica.

Entonces escribir un epífano ayuda a formar al
escritor y a instruirlo en los misterios de su arte. Las
técnicas y aptitudes que exigen para su realización (la
carpintería de su profesión) entrenan al narrador y lo
inician en un proceso de adiestramiento a veces menos-

---

[132] "I am going to give a long speech as I have not had
time to write a short one."

ica, en muchos casos, la pobreza de
ecesario y conveniente.

ano le enseña al creador a observar
el ojo para que escrute la realidad
con intenciones literarias: ver qué hay en ella que le
pueda servir para crear su obra. En otras palabras,
le ayuda a distinguir entre lo relevante y lo irrelevante de
esa realidad, que filtre lo prescindible, los elementos que
no conducirán a robustecer sino a sobrecargar sus textos,
y a diferenciar entre los momentos especiales y los que
no lo son, y a entender por qué unos son excepcionales
(de revelación) y por qué otros lo son menos. Habíamos
dicho que, para escribir una miniatura según la forma
de Hemingway, hay que percibir y reproducir los detalles
fundamentales; pero, ¿cómo hace el escritor para saber
cuáles son importantes y cuáles son superfluos? Ahí
reposa su aprendizaje. Pues es él quien debe advertir
qué aspectos del suceso o del instante son insustituibles,
y cuáles, por el contrario, son innecesarios. De esta escuela sólo se derivan beneficios. Aunque se dedique más
adelante al cuento o a la novela, la educación impartida
por la práctica del epífano le será siempre útil al escritor,
pues le afinará su sensibilidad y le ayudará a ser sucinto.
Y eso, en sí mismo, ya es una prueba de talento y una
sana virtud en todo autor. Mejor lo dijo Shakespeare:
"La brevedad es el alma del ingenio".[133]

De otro lado, las características del epífano le
demandan al escritor otros atributos. Por ejemplo, lo
inducen a que limpie su prosa para evitar la profusión
verbal, lo cual raya en el pecado literario cuando no
resulta de la convicción estética (como es el caso de un

---

[133] "Brevity is the soul of wit." Hamlet.

Alejo Carpentier o un Lezama Lima) sino de la inhabilidad. Este defecto es común entre escritores principiantes quienes, para describir una mesa, emplean una página cuando lo podrían hacer en una frase. En cambio, el epífano impone la disciplina de la síntesis y de la concisión, y su intolerancia frente a lo farragoso, a lo nimio y a lo inane, en suma a todo lo que sobra por excesivo o insignificante, templan los instrumentos del autor. Incluso, para nosotros como escritores del castellano, esta escuela es de mayor utilidad todavía. Nuestro idioma es barroco por naturaleza, pródigo y exuberante, y lo sorprendente es descubrir en nuestra tradición maestros como Jorge Luis Borges, famosos por haber escrito textos tan concisos, tan sobrios y tan finos. En efecto, un buen entrenamiento en la estética del rigor y de la precisión es saludable para todos los que aspiran a ser narradores de nuestra lengua.

No obstante, la mayor ventaja del epífano es que le permite al escritor crear, y crear literatura. ¿Lujo o necesidad? Me inclino por lo segundo, pues como declaró alguna vez Ernesto Sábato: "La literatura ayuda a encontrar el propio rostro". Esa meta digna es, en el fondo, la de cualquier obra literaria, y el epífano no se aparta de esa noble misión. Pero su objetivo, al igual que el de todo arte profundo, rebosa el rostro individual, pues aspira a correr el velo para revelar los trazos y las líneas que componen el rostro del hombre contemporáneo.

Vale la pena, entonces, que lo aprovechemos.

Noviembre de 1991
Marzo de 2007

ÍNDICE

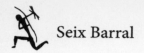
Seix Barral

España
Av. Diagonal, 662-664
08034 Barcelona (España)
Tel. (34) 93 492 80 36
Fax (34) 93 496 70 58
Mail: info@planetaint.com
www.planeta.es

P.º Recoletos, 4, 3.ª planta
28001 Madrid (España)
Tel. (34) 91 423 03 00
Fax (34) 91 423 03 25
Mail: info@planetaint.com
www.planeta.es

Argentina
Av. Independencia, 1668
C1100 ABQ Buenos Aires
(Argentina)
Tel. (5411) 4124 91 00
Fax (5411) 4124 91 90
Mail: info@eplaneta.com.ar
www.editorialplaneta.com.ar

Brasil
Av. Francisco Matarazzo,
1500, 3.º andar, Conj. 32
Edificio New York
05001-100 São Paulo (Brasil)
Tel. (5511) 3087 88 88
Fax (5511) 3087 88 90

Chile
Av. 11 de Septiembre, 2353, piso 16
Torre San Ramón, Providencia
Santiago (Chile)
Tel. Gerencia (562) 652 29 43
Fax (562) 652 29 12
Mail: info@planeta.cl
www.editorialplaneta.cl

Colombia
Calle 73, 7-60, pisos 7 al 11
Bogotá, D.C. (Colombia)
Tel. (571) 607 99 97
Fax (571) 607 99 76
Mail: info@planeta.com.co
www.editorialplaneta.com.co

Ecuador
Whymper, N27-166, y A. Orellana,
Quito (Ecuador)
Tel. (5932) 290 89 99
Fax (5932) 250 72 34
Mail: planeta@access.net.ec
www.editorialplaneta.com.ec

Estados Unidos y Centroamérica
2057 NW 87th Avenue
33172 Miami, Florida (USA)
Tel. (1305) 470 0016
Fax (1305) 470 62 67
Mail: infosales@planetapublishing.com
www.planeta.es

México
Av. Insurgentes Sur, 1898, piso 11
Torre Siglum, Colonia Florida, CP-01030
Delegación Álvaro Obregón
México, D.F. (México)
Tel. (52) 55 53 22 36 10
Fax (52) 55 53 22 36 36
Mail: info@planeta.com.mx
www.editorialplaneta.com.mx
www.planeta.com.mx

Perú
Av. Santa Cruz, 244
San Isidro, Lima (Perú)
Tel. (511) 440 98 98

Portugal
Publicações Dom Quixote
Rua Ivone Silva, 6, 2.º
1050-124 Lisboa (Portugal)
Tel. (351) 21 120 90 00
Fax (351) 21 120 90 39
Mail: editorial@dquixote.pt
www.dquixote.pt

Uruguay
Cuareim, 1647
11100 Montevideo (Uruguay)
Tel. (5982) 901 40 26
Fax (5982) 902 25 50
Mail: info@planeta.com.uy
www.editorialplaneta.com.uy

Venezuela
Calle Madrid, entre New York y Trinidad
Quinta Toscanella
Las Mercedes, Caracas (Venezuela)
Tel. (58212) 991 33 38
Fax (58212) 991 37 92
Mail: info@planeta.com.ve
www.editorialplaneta.com.ve

Grupo Planeta   Seix Barral es un sello editorial del Grupo Planeta   www.planeta.es